NÄR SISTA DÖRREN STÄNGTS

Bonne lecture !

Tom Bönz

Torun Börtz

När sista dörren stängts

ROMAN

BUCKET LIST BOOKS

TIDIGARE TITLAR AV TORUN BÖRTZ

Betongen brinner (Leopard förlag, 2007)
Man kallar mig Miss France (Kira förlag, 2011)

MIX
Papper från ansvarsfulla källor
FSC® C104608
FSC www.fsc.org

TORUN BÖRTZ, *När sista dörren stängts*

OMSLAG Jonas Rahm
OMSLAGSFOTO © Torun Börtz
FÖRFATTARFOTO © Nora Börtz Vagenheim
SÄTTNING Jonas Rahm
TYPSNITT Sabon
TRYCK Nørhaven, Danmark 2015
ISBN 978-91-87969-11-9
Första upplagan, första tryckningen

BUCKET LIST BOOKS AB
Hallandsgatan 40
118 57 Stockholm
info@bucketlistbooks.se
www.bucketlistbooks.se

HON TOG ETT djupt andetag. Slöt ögonen, tömde lungorna på luft och försökte sedan målmedvetet svälja paniken, innan hon på nytt vågade öppna ögonen och se sig omkring. Det här var hennes hem nu. Det här var vad hon kunde erbjuda sina barn. Hon blundade snabbt en gång till, förödmjukelsen kändes näst intill outhärdlig.

Med ett tillkämpat leende vände hon sig mot Fathia och Momo som stod strax bakom henne, avvaktande.

– Kom, så går vi in.

Barnen sa inte särskilt mycket, kanske kände de samma sak som hon, kanske var de bara trötta. Hon ville inte fråga dem, för hon var rädd för deras svar.

De packade upp vad de fått med sig. Lade in kläderna i garderoben som vickade lätt när man rörde vid den. Nedjma hittade en bit kartong som hon vek dubbel och stack in under högra framtassen på skåpet för att det skulle stå lite stadigare. På hyllan längst ner i den del av garderoben som saknade dörr lade hon in husgeråden. Inte för att här fanns någon spis, men en kokplatta skulle hon väl kunna få tag på, tänkte hon.

Momo stod mitt på golvet och såg förvirrad ut, som om han inte visste vart han skulle ta vägen. Till slut hoppade han upp på sängen och satte sig med benen i kors och tittade under tystnad ut genom fönstret med de solblekta gardinerna.

Nedjma tänkte: det är inte husets yta eller stadens storlek som avgör om man känner sig hemma eller inte. Man kan känna sig lika bortkommen på nio kvadratmeter som mitt i natten i ett okänt kvarter.

– Mamma, var är toaletten? frågade Fathia plötsligt och avbröt hennes tankar.

Nedjma tittade sig omkring, som om hon hoppats på en glad överraskning som självklart uteblev.

– Kom gumman, så går vi och letar. Den är säkert precis här utanför.

När de öppnade dörren till toaletten intill trappan var de nära att tappa andan, både hon och Fathia.

– Jag går inte in där mamma, jag gör det bara inte!

Stanken var så frän och så oväntad. Hon stack i alla fall in huvudet, bara för att konstatera att stället var oanvändbart: hela ringen var gulklibbig, på utsidan ritade bruna ränder ett synnerligen obehagligt mönster från toalettskålens kant ända ner till golvet. I skarvarna mellan klinkerplattorna, som täckte den minimala golvytan, intygade små pölar att toaletten användes flitigt. Något papper fanns naturligtvis inte och låset såg ut att vara söndersparkat.

– Vi går in till oss igen, sa hon till sin dotter.

Hon fick ta i ordentligt för att klämma ur sig det där ”till oss”, det fick hon.

Ur en av väskorna plockade hon fram en gammal glasslåda som hon lagt tvättklämmor i. Hon tömde ut klämmorna på sängen och räckte över lådan till Fathia.

– Kissa i den här så länge, tills jag hunnit städa toaletten.

Hemma

TUNNELBANETÅGET KRÄNGDE TILL innan det började sakta in. Nedjma öppnade långsamt ögonen för att konstatera att de inte hunnit längre än till Etienne Marcel. Hon skulle kunna slumra en stund till innan hon var framme vid Château Rouge. Hon lutade huvudet mot fönstret och borrade in hakan i den fluffiga, turkosa halsduken som barnen gett henne i födelsedagspresent. ”Den passar så bra till dina ögon”, hade Momo förklarat medan Fathia svept den om hennes hals. De hade varit så stolta över sitt val att hon fått tårar i ögonen och känt sig som en ynkligare mor än på länge.

Tåget satte sig på nytt i rörelse, hennes huvud dunkade lätt mot fönsterrutan, hon kände hur hon vaggades allt närmare gränsen till sömnen, den riktiga, djupa nattsömnen, och hon ansträngde sig för att bara domna bort en smula, samla de reservkrafter som behövdes för att orka vrida upp vredet på vagnens dörr, gå längs perrongen, ta sig upp till biljetthallen, uppför trappan till gatuplan och sedan traska den sista biten hem längs de dåligt upplysta gatorna, där barer och enstaka kvällsöppna butiker lyste som övergivna akvarier.

På vägen hem kastade hon en blick in i Fantas lilla affär, som låg nedsläckt och öde så här dags. Därefter gick hon förbi kaféet där kvarterets män tillbringade en stor del av kvällen vid schackbrädet.

Slutligen såg hon hotellet på hörnet. Neonskylten som för

länge sedan slocknat hade dessutom halkat på sned och förlorat ett par bokstäver, men med lite inlevelseförmåga kunde man tyda sig till att hotellet en gång döpts till ”Hôtel Chez Marcel” – Hos Marcel. Vem Marcel hade varit verkade ingen längre ha en aning om. Åtminstone var det inte han som stod bakom bardisken och torkade ölglas den här kvällen. Han som stod där var monsieur Arnaud, alias gubbjäveln, alias utsugarjäveln, alias idiotkungen. Kärt barn kan få hur många namn som helst.

– Dom har fört ett ordentligt liv i kväll, dina ungar. Borde dom inte ha sovit för länge sen? slängde han ur sig som hälsningsfras utan att ens bry sig om att titta på Nedjma.

– Här brukar väl inte heller vara så himla lågmält, replikerade hon kort utan att studera klientelet i baren, som man var tvungen att gå igenom för att komma in till själva hotelldelen. Hon var för trött för att börja bråka och gick i stället direkt uppför trappan och låste upp dörren in till sig. Därinne satt Momo och Fathia på sängen, insvepta i ett täcke och tittade på tv:n som stod uppe på kylskåpet.

– Vad är detta? Vet ni vad klockan är? Ni skulle ju ha lagt er för länge sen! Hur ska ni orka med skolan om ni sitter uppe halva natten och tittar på sån där smörja. Barnförbjudet, dessutom! Kan du inte läsa, Momo? Förbjudet för barn under sexton år står det i hörnet. Fortsätter det så här får vi sälja tv:n, avgjorde hon, samtidigt som hon visste att barnen visste att deras mamma aldrig skulle göra det eftersom tv:n utgjorde hennes enda förströelse.

Hon slog raskt av tv:n under Momos lama protester, klappade om Fathia och hjälpte Momo att bädda madrassen som de tillsammans lagt på golvet. Hon borstade tänderna så snabbt hon kunde, tog några tag med hårborsten och klädde på sig nattlinnet i det blekblå ljuset från skylten på kebabrestaurangen tvärs över gatan. Fathia hade redan hunnit somna men makade sig undan i sömnen för att hennes mor skulle få plats. Nedjma hade knappt hunnit dra upp täcket innan hon somnade, hon också.

En gång hade hon varit en flicka med blankborstat hår och vita sockor i finskorna. Gammal var hon i och för sig fortfarande inte, trettiofem var egentligen ingen ålder. Däremot var håret numera matt och livlöst, som det brukade heta i schamporeklamen, och de flesta av hennes strumpor hade antagit det urtvättades evigt grå nyans. Hon tog alltid de billigaste på Tati och hoppades att de inte skulle vara av absolut sämsta kvalitet. Det var de för det mesta.

Hon hade haft vita tänder också, ”vita och vassa som en tigrinnas”, hade hennes pappa brukat skämta när Nedjma emellanåt blivit alltför ilsk och velat visa sin vilja.

Hennes vita tandrad och hennes vita sockor hade gnistrat ikapp med solen, när hon varit en söt och förväntansfull flicka på väg att bli vacker, och hon och syskonen promenerat nere i hamnen på helgen med pappa och mamma. De hade tittat på båtarna, blickat ut över havet som varit av samma skarpturkosa färg som halsduken hennes barn skulle ge henne tjugofem år senare. Varje gång de varit i hamnen hade pappa berättat för dem om brodern som bodde på andra sidan vattnet och jobbade som murare i Marseille, han som troget skickade hem pengar men som trots alla löften fortfarande inte kommit tillbaka för att hälsa på. Nedjma hade försökt föreställa sig hur det såg ut där någonstans bortom horisonten: försökt tänka sig de höga, vita husen med alla balkongerna, husen i de nya kvarteren som pappas bror varit med om att bygga och som han stolt skickat hem bilder på när de blivit inflyttningsfärdiga. Blundat och känt hur det måste vara att ta hissen upp till lägenheten på tionde våningen, hur utsikten måste se ut. Sett framför sig en skog av höghus och ett virrvarr av gator och motorvägar och små, små myrmänniskor som skyndade fram därnere. För i Frankrike hade alla bråttom, det visste man ju. Allra längst bort vid hennes fantasihorisont hade Eiffeltornet rest sig, som en liten men skarp skugga. I hennes drömmar fanns alltid Eiffeltornet med, en relief som gav djup åt både bilden och tanken.

Så hade det sett ut i hennes franska parallellvärld ända sedan hon var sex år och pappas bror skickat henne ett litet torn i miniatyr. ”Till mitt lilla hjärtegryn” hade det stått på det medföljande kortet. Hon hade sparat både tornet och vykortet, liksom frimärket som suttit på kuvertet. Det hade hon ångat av med sin storebrors hjälp och sedan klistrat upp i hörnet på badrumsspegeln. Med tiden hade frimärket blivit bortfrätt av moderns städiver, och till slut hade bara näsan funnits kvar av frimärkets stelt leende Marianne.

Hon vaknade av mobiltelefonens ilskna signal. Det var väckningsfunktionen som hade satt igång. Klockan var bara kvart över sex, men det tog tid för tre personer att göra sig i ordning när det bara fanns ett handfat med kallvatten att tvätta sig i, och den ena sängplatsen måste stuvas undan för att matbordet skulle få plats. Hon kände sig inte ett dugg utvilad, men efter två år med samma rytm och samma morgonrutiner var hon så van vid att vakna utpumpad att hon knappt tog någon notis om det längre. Hon var i alla fall alltför trött för att fundera över det.

Fathia muttrade till i sömnen när Nedjma reste sig ur sängen. Efter ett långt kliv över Momo och madrassen var hon borta vid tvättstället. Hon vek ut den lilla skärmen de tillverkat av ett par gavlar från en lagerhylla som legat slängd på gatan och en defekt bit gulgrönt tyg som Fanta gett henne. Hon hängde rena kläder över skärmen, drog av sig nattlinnet och började gnugga kroppen med tvättvanten. Ljuset från gatan gjorde att hon kunde urskilja konturerna kring tvättstället, men gesterna var numera så väl inövade och avstånden till föremålen så väl inpräntade att hon skulle ha kunnat tvätta sig med slutna ögon. Först ansiktet, tvålen sved lite i ögonen trots att hon blundade när hon gnuggade till, sedan ett varv runt halsen, under brösten, ett varv runt magen. När hon hunnit ner till skötet kastade hon en tvångsmässig blick mot fönstret, för att försäkra sig om att fönsterluckorna var stängda, och det fast hon visste att de varit det när hon kommit hem kvällen innan.

När hon tyst klätt på sig väckte hon Fathia. Dottern gnydde irriterat och borrade ner ansiktet i kudden igen, men Nedjma var påstridig. Fathia visste att hon inte skulle kunna lura till sig många extraminuter i den varma sängen men däremot lyckas få Nedjma på dåligt humör om hon trilskades, så hon steg snart upp ur sängen, huttrandes.

– Skynda dig, jag sätter på teet så länge, viskade Nedjma till dottern som såg ännu blekare ut än vanligt i det kalla gryningsljuset som så sakta började sippra in genom fönsterluckornas spjälor. Men hon var blek även i dagsljus, Fathia. Såg inte alls lika frisk och stark ut som Nedjma själv gjort som trettonåring, kunde hon ofta tänka. Säkert var det den dåliga luften, för lite sol och för ensidig mat, tänkte hon. Hon sa åt Fathia att alltid äta ordentligt i skolan, så att hon åtminstone fick ett riktigt mål mat om dagen.

När Fathia fått på sig jeans och tröja tände Nedjma taklampan och väckte Momo. Han ställde madrassen på högkant bakom garderoben, och medan han tvättade sig lyfte Nedjma ner det lilla soffbordet som legat uppe på skåpet under natten men som nu fick byta plats med täckena och Momos kudde.

Klockan hade hunnit bli halv åtta innan hon öppnade fönsterluckorna och de satte sig ner på den nybäddade sängen för att äta frukost.

De första klunkarna svart te med socker drack de under tystnad, sedan började livet rinna till i deras kroppar i samma takt som morgonljuset började fylla rummet på allvar.

– Gjorde du färdigt matten i går kväll, Momo? Momo! Varför säger du ingenting? Har du inte gjort det du skulle? Matte är inte din starka sida, det vet du. Lova att du gör ditt bästa.

Momo undvek sin mors vädjande blickar medan han omsorgsfullt och under skenbart djup koncentration bredde ett lager Nutella på den dagsgamla baguetten. Nedjma vände sig till Fathia i stället.

– Sa du inte till honom att göra matten, Fathia? Du vet att han ligger efter. Vi måste hjälpas åt, det vet ni. Och du har väl engelska i dag?

– Yes, I 'ave, madame, och så gjorde hon honnör med sin baguettebit samtidigt som hon satte sig rak som en flaggstång i sängen.

Momo stötte till sin lillasyster i sidan och flinade med munnen full av bröd, smulorna sprutade över den blommiga vaxduken som alltid låg som ett skydd över bordet.

– Det är inget att flina åt, sa Nedjma, samtidigt som hon själv skrattade så att hon nästan satte teet i halsen.

Hon tittade på sina båda barn där de satt bredvid henne på sängen. Bleka var de nog, men ett gott hjärta hade de. Sedan fick monsieur Arnaud säga vad han ville om att de inte lade sig i tid eller att de förde väsen och allting annat som hon önskade att hennes barn slapp höra. De var i alla fall en familj.

– Skynda er hem efter skolan så vi hinner ses innan jag ska till jobbet! ropade Nedjma efter dem när de släntrade ut genom dörren med sina ryggsäckar.

Sedan stod hon i fönstret, till hälften dold bakom gardinen, och såg efter dem när de kommit ut från hotellentrén. Hon var osäker på om de visste att hon stod där och tittade efter dem varje morgon. Förmodligen hade de märkt det, tänkte hon, men båda var alltför finkänsliga för att kommentera det. Det var hon tacksam över.

Momos skola låg en bit bort, han var tvungen att åka tunnelbana dit, men Fathias skola låg runt hörnet. Nedjma stod och såg hur dottern strålade samman med två kamrater ute på gatan. Hon drog en ohörbar suck av lättnad. Ute på gatan var Fathia en i mängden, såg ut som de andra, rörde sig som de andra. Hon var som de som bodde i lägenheter, med sovrum och dusch, som hade mammor som var hemma på kvällarna och kunde laga ordentlig mat åt dem, mammor som hade tid att kontrollera att de läste läxorna ordentligt, som såg till att de kom i säng i tid. Väl ute på gatan förvandlades hon till eleven och skolkamraten Fathia, särskilt uppskattad för sin förmåga att bevara hemligheter och förtroenden. Fast Nedjma visste, för hon visste hur hon själv reagerade och förhöll sig till andra. Hon visste att Fathia innerst inne förblev slumungen Fathia, som till varje pris försökte dölja för andra vem hon egentligen var.

Château Rouge

CHÂTEAU ROUGE – RÖDA SLOTTET. Namnet var både stolt och skrämmande. När Nedjma för första gången fått höra kvarterets namn hade hon ryst. Framför sig hade hon sett ett dystert slott med galler för fönstren och svart, dyigt vatten i vallgraven. I hennes fantasi hade franska revolutionen och kriget i Algeriet blandats med nittiotalets terror i hemlandet, och hon hade haft svårt att skjuta undan bilderna som hennes hjärna skapade: bilder av underjordiska tortyrkammare, där människor plågades på löpande band för att pressas på sanningar och sanna lögner, innan de nådde den slutgiltiga stationen under giljotinens tryck, samtidigt som vattnet i vallgraven långsamt färgades rött.

Hon hade drömt mardrömmar om platsen i flera veckor och tagit det som ett dåligt tecken. Inte ens sedan hon flyttat dit och insett att Château Rouge var en tunnelbanestation bland andra kunde hon släppa obehagskänslan. Inte förrän Edouard, en hemlös man som brukade tigga utanför bageriet, och som hon blivit bekant med efter att en gång ha gett honom en baguette, förklarade den harmlösa historien bakom namnet. Edouard var inte vidare intresserad av att berätta om sitt tidigare liv, och hon var inte den som propsade – alla har rätt att stänga om de rum som gör oss värnlösa, tänkte hon. Men hon kunde mycket väl se Edouard bakom katedern. Paris historia kunde han i alla fall som ett rinnande vatten.

Således hade han kunnat förklara för Nedjma att platsen inte hade något som helst blodigt förflutet. Château Rouge hade helt enkelt bara varit namnet på ett gods i sten och tegel som uppförts några år före franska revolutionen när det fortfarande var landsbygd här, inte långt från Montmartres kulle.

– Huset förvandlades så småningom till ett populärt nöjespalats – le Bal du Château Rouge – där en del av 1848 års revolutionsplaner smiddes. 1882 eller 1883, det måste jag låta vara osagt, stängdes etablissemanget och huset jämnades med marken. Inte en enda tegelsten finns kvar, hade han avslutat sin improviserade föreläsning.

Landsbygden hade för länge sedan kapitulerat, samtidigt som staden svällt över alla breddar, likt en bortglömd vetebrödsdeg. Runnit ut över de gamla förskansningarna, kletat in alla de gamla byarna på andra sidan ringleden i en enda stor urban gegga, där skyltarna med ortsnamnen var enda tecknet på att man klev över en gräns. Eller körde över en, för här gjorde man bäst i att ha egen bil, om man inte ville tillbringa halva livet i busskuren. Ett cementgrått ingenmansland, där stormarknader och möbelvaruhus återkom i jämn takt mellan restaurangkedjornas standardiserade utskänkningsställen, där all antydan till utsikt eller öppet landskap effektivt doldes bakom jättelika reklamskyltar för varuhusen och restaurangerna som man hur som helst ändå kom fram till förr eller senare, oavsett vilken väg man än valde. En muterad landsbygd där centrum förflyttats från torget vid kyrkan till affärsgalleriornas kafeterior och där nya bostadsrätter – alla i gammal stil fast av prefabricerade betongblock och med fönsterluckor i härdad plast – byggdes på de mest prestigefyllda tomterna, nära pendeltågsstationen. På de tomter som fanns kvar, vill säga. Enda sättet att komma över ny mark var annars att riva. Fast det enda som revs numera var de enstaka gamla fabriker vars skal fortfarande stod kvar, och de hyreskaserner som fått alltför skamfilat rykte i takt med att färgen flagnat och hissarna sparkats sönder.

Och i hjärtat på denna levande kropp under ständig förändring – staden Paris. Paris med sitt nätverk av boulevarder och avenyer, gator och gränder, tunnelbanespår och vattenleder. Detta blodomlopp av sten och betong där människor och bilar, bussar och tåg for runt, runt i en ständig ström, detta system som knöt samman de olika delarna av staden och hindrade den från att falla samman – som om det nu alls skulle ha varit möjligt, med tanke på hur tätt husen stod.

Nedjma och hennes barn hade börjat sin resa in mot centrum i det nordöstra hörnet av den självförökande kroppen, som i mer neutrala termer kallades Parisregionen. I Aulnay-sous-Bois hade deras vandring startat. Inte i villakvarteren nära pendelstationen utan i närheten av motorvägen, i kvarteret Kompassrosen. Inte heller vidare långt från Parinor, det jättelika köpcentret vid rondellen, där kundvagnarna tycktes bredare och djupare än någon annanstans.

Här hade Nedjma bott sedan hon kom till Frankrike med sin man, och här var båda barnen födda. Till en början hade hon tyckt om huset där de bodde på åttonde våningen, det påminde om dem som hennes farbror skickat bilder på när hon var liten. För första gången hade hon också fått se insidan på de där husen. Hennes förväntningar hade överträffats. Lägenheten hade varit så rymlig, genom den löpte en lång korridor med parkettgolv som förband entrén med vardagsrummet, stora fönster släppte in ordentligt med solljus, något som till och med gjorde de långa vintrarna nästan uthärdliga. I köket fanns plats för tvättmaskin och i badrummet fanns ett ganska nytt badkar, även om det inte var särskilt stort.

I början hade hon flera gånger om dagen gått planlöst från rum till rum. Det här är vårt nu, hade hon tänkt, och blivit alldeles varm om hjärtat.

En balkong hade de också haft, en inbyggd loggia som snabbt fått tjänstgöra som torkrum för tvätten. Men från balkongen hade man också kunnat se bort till motorvägen, och eftersom deras lägenhet vette åt väster hade Nedjma stått lutad mot balkongräcket många ljumma kvällar för att se solen gå ner bakom höghusen. Där bakom horisonten ligger Amerika, hade hon tänkt med ett leende, och påmints om hur hon som liten varit tvungen att visualisera en världskarta för sitt inre, med USA till vänster och Sovjet till höger, för att över huvud taget kunna peka ut väderstrecken.

En dag, hon mindes att det varit en ovanligt gråmulen och blåsig oktoberdag, hade Hamid ringt från jobbet och sagt åt henne att gå ner och möta honom utanför huset om en halvtimme.

– Varför? Kan jag inte vänta här uppe i stället? hade hon förvånat frågat.

– Gör bara som jag säger, hade han svarat irriterat och hon hade förstått att han bad henne om något viktigt, även om hon inte alls förstod hur det hängde ihop.

För säkerhets skull gick hon ner redan efter tjugo minuter, och när hon väntat i ytterligare tjugo gled en aningen sliten men nytvättad, mörkblå Peugeot upp framför porten. Ur steg Hamid, rakare i ryggen än på deras bröllopsfoto.

– Den är vår, sa han storleende och öppnade passagerardörren för Nedjma så att hon kunde hoppa in.

Sedan hade de kört runt hela kvarteret och ner till pendelstationen, Hamid hade visat alla bilens finesser med fönsterhissar och automatisk kanalsökning, och de hade till och med tagit en snabb sväng ut på motorvägen innan de vänt hemåt igen. Det var ett av hennes vackra minnen från deras tid tillsammans.

Den gamla bilen, som Hamid hade fått köpa billigt av en arbetskamrat, hade de kunnat parkera precis framför huset, parkeringsplatsen var dessutom deras personliga. Det hade också funnits en gräsmatta, en rutschbana och en liten sandlåda där hon kunde låta barnen leka utan rädsla för att de skulle bli påkörda.

Många av grannarna var landsmän och på marknaden på söndagarna hittade hon det mesta hon behövde, dessutom mycket billigare och närmare än på köpcentret. Hon fick snart vänner bland de andra mammorna.

En gång precis i början, innan barnen kommit, hade Hamid tagit med henne in till Paris, för att titta på Eiffeltornet. Hon hade blivit alldeles hänförd, känt att hennes flickdröm trots allt inte enbart varit ett luftslott. Men när hon velat åka upp i tornet hade Hamid klagat på att det var alldeles för dyrt och alldeles för lång kö.

– Det är ändå bara för dumma amerikanska turister, hade han sagt i en smått hånfull ton, tagit henne under armen och låtit henne förstå att det var dags att gå.

Och så hade de åkt hem igen.

Det hade dröjt flera år innan Nedjma åkt till Paris nästa gång.

Efter ett par år hade hon väl också börjat inse att hennes dröm inte var helt rosenröd. Första gången hissen gick sönder tog det två månader innan den blev lagad. Sedan gick den sönder allt oftare och för varje gång tog det allt längre tid innan den fungerade igen. Då hade hon fått gå i brandtrappan alla åtta våningarna, med matkassar och allt. Barnvagnen var hon dessutom tvungen att få med sig upp, stod den kvar nere i entrén kunde hon vara säker på att den skulle försvinna. Hon mindes gångerna då hon placerat Fathia i spjälsängen och Momo framför en tecknad film, kontrollerat att alla fönster var ordentligt stängda och sedan rusat alla trapporna ner igen för att hämta vagnen och med andan i halsen släpat den uppför den trånga trappan.

Hon hade ju också märkt att det knappt bodde några vita fransmän i hennes barndoms drömhus och att man inte såg särskilt många nordafrikaner eller svarta på villagatorna i centrum. Hon märkte också hur svårt många av grannarna hade att hitta jobb och hur många oroade sig för sina barn, som i flera fall inte tycktes förstå betydelsen av att anstränga sig i skolan. Och när hon tittade på tv och såg reklamfilmernas helkaklade badrum och gigantiska kylskåp fyllda med märkesyoghurt tänkte hon att det någonstans trots allt måste finnas människor som har det så där. Människor som inte stoppar växelmynt i en gammal syltburk för att kunna handla frukt på marknaden, som inte köper lågprisyoghurt som ingen vet var den tillverkats eller som ber en stilla bön om att den begagnade kylen inte ska gå sönder trots att den börjat brumma oroväckande.

Men de hade ändå haft det bra i början, Hamid och hon. Hamid hade smitt cypresshäckskantade planer, där både nyköpt bil och inbyggt garage ingick – och helkaklat badrum om hon nu nödvändigtvis ville ha det. Jobbet på lagret för heltäckningsmattor var bara tillfälligt, försäkrade han.

– Du tror min inte, Nedjma, jag ser det på dig, hade han sagt aningen förebrående en söndagsförmiddag när de suttit vid matbordet och druckit kaffe.

– Men jag ska bevisa att du har fel. Här i Frankrike finns det plats för en man som jag, förstår du, hade han slagit fast och börjat jonglera med två aningen skrumpna apelsiner som blivit kvar i fruktskålen.

Hon skulle få se, om några år skulle han ha startat en egen bilverkstad, med flera anställda. Och då skulle den här lägenheten och den trasiga hissen och den begagnade bilen vara ett halvslitet minne blott.

Ibland hade han också förefallit så övertygande att hon låtit sig dras med i hans drömmar.

Men sedan hade Momo kommit och därefter Fathia och långsamt hade Hamid börjat förändras. Nedjma visste egentligen inte om det berodde på barnen eller på om hon blivit annorlunda mot Hamid sedan hon fått barn. Fokus för hennes uppmärksamhet hade ju helt klart förflyttats. Eller åtminstone vidgats och därigenom fått mindre skärpa. Kanske hängde det också ihop med att Hamid blivit av med jobbet, heltäckningsmattor hade tydligen blivit omoderna och försäljningen hade dalat. Folk ville ha naturmaterial i stället, hade man förklarat för honom när man kallat in honom på kontoret för att ge honom sparken på grund av arbetsbrist.

Sedan hade han gått arbetslös i flera omgångar, bara hittat ströjobb och kortare vikariat. Pengarna Hamid börjat spara för att förverkliga sina verkstadsdrömmar hade snabbt försvunnit.

Kanske fanns det flera förklaringar till Hamids förvandling. Men helt klart hade han efter hand blivit alltmer krävande. Och det märkliga var att ju mer hon försökte vara honom till lags, desto mer irriterad blev han.

Nedjma mindes inte det första slaget. Allt hade skett så stegvis. Att råka få porslinsskärvor i ansiktet på grund av att någon slängt en tallrik i golvet kan ju knappast räknas som misshandel. Att bli knuffad så att man ramlar omkull och råkar slå pannan i bordskanten är också tveksamt. Att bli knäad i underlivet eller få en brödkavel över ryggen däremot, det måste räknas. Men allting däremellan – det är svårt att dra några gränser i något så diffust, i något som är så ogripbart och som ändrar färg beroende på vilket håll man ser det ifrån. Det var svårt att säga vad som var slag eller inte, misshandel eller inte misshandel, som hon velat förklara för socialsekreteraren, när denna halvhjärtat försökt förmå Nedjma att göra en polisanmälan.

– Aldrig i livet, hade hon sagt bestämt. Det är ju ändå mina barns far.

– Just därför, hade socialsekreteraren argumenterat.

Nedjma hade inte sagt något mer. Bara skakat på huvudet. Hon kände att de två aldrig skulle kunna förstå varandra.

Det är svårt att veta vad som gör mest ont – slagen i sig eller känslan av självförakt som förstärks för varje gång. Men det var i alla fall efter den där söndagseftermiddagen, då Hamid bundit fast henne vid elementet och upprepade gånger slagit henne i ansiktet med en läderrem samtidigt som han sparkat henne i magen med skorna på, det var då som hon ändå känt att hon nått en gräns. En gräns som var tydlig och som man dessutom bara kunde träda över i ena riktningen. En gräns där dörren stängdes så fort man kommit över på andra sidan.

När Hamid av någon anledning till slut tröttnat, trätt livremmen i byxorna, tagit på sig jackan och sedan slängt igen ytterdörren bakom sig, hade hon börjat försöka få upp knuten på tvättlinan. Han må ha varit ursinnig men särskilt omsorgsfull hade han inte varit, för trots att hennes händer skakade, av smärta och rädsla och någonting mer – kanske en nyvaknad vrede – hade hon lyckats glida ur bojan på fem minuter. Hon hade ringt till Meriem, som bodde tre våningar ner och där barnen var och lekte den här eftermiddagen. Meriem kom genast upp.

– Vad har han gjort med dig? hade Meriem sagt med tårarna strömmande utför kinderna. Sitt kvar, så ska jag försöka få bort det värsta.

Så hade hon hämtat en ren handduk i badrummet, fuktat den under kökskranen och baddat Nedjmas ansikte i ett fåfängt försök att sudda ut det som hänt, sudda ut paniken i hennes nästan svarta ögon.

– Du måste komma härifrån innan han är tillbaka, hade hon avgjort, och utan att vänta på Nedjmas svar gått in i sovrummet och börjat plocka fram kläder. Var har du resväskorna?

Nedjma hade nickat mot klädkammaren. Likt en bevingad välgörare hade Meriem flugit mellan sovrummet och barnens rum, och efter en kort stund hade två sprängfyllda reseväskor stått klara i hallen.

Samtidigt hade det ringt på dörren. Där hade Yasmina stått. Nedjma hade inte ens märkt att Meriem ringt henne. Yasmina hade uppenbarligen fått situationen utredd för sig i telefon, för hon hade inte gjort några som helst kommentarer.

– Klarar du att gå själv? hade hon sagt bara, och Nedjma hade plötsligt känt hur knapp tiden var. Hon hade darrat i hela kroppen när de tagit hissen ner, knappt klarat av att andas när de kom ner i entrén. Men Hamid hade inte synts till, inte heller någon av hans vänner. De satt förmodligen nere på kaféet borta vid bageriet.

– Barnen då? hade hon undrat med en liten, liten röst som låtit som om den kom från en ytterst avlägsen plats i hennes kropp.

– Var inte orolig, jag kommer efter med dem, hade Meriem försäkrat.

Den kvällen, den första på det som skulle bli deras nya liv, hade de alla haft svårt att somna. Barnen hade visserligen tagit det hela förvånansvärt bra. Det hade varit en lättnad. De verkade snarare förebrå henne för att hon inte gett sig iväg långt tidigare. Men rädslan hade gripit tag i henne, från hårrötterna via hjärtat och ner till tånaglarna, och hon hade inte kunnat förmedla någonting annat än rädsla till sina barn. Till slut, bortåt två på natten, hade de somnat av ren utmattning, alla tre i samma säng, på kvinnojouren som Meriem tagit dem till.

Hon hade trott att hon nått slutet på sin plågovandring, att hon gick mot något bättre. Så naiv hon hade varit. Hon skämdes för att erkänna det, men ett par gånger hade hon varit nära att ge efter och återvända hem till Hamid igen. Det var bara barnen som fått henne att låta bli. För hon märkte ju att de mådde bättre. Momo hade fått bättre hållning på något vis, Fathias leende hade blivit bredare och det hade till och med kommit signaler från skolan om att hennes barn blivit mer uppmärksamma, att de ansträngde sig mer.

Livet såg nästan ljust ut på nytt, som när båten lagt till i Marseille och hon för första gången stått på Medelhavets norra strand.

Med hjälp av Dominique som arbetade på kvinnojouren hade Nedjma till och med lyckats hitta ett jobb. Kvällsstädning i en kontorsskrapa i Paris femtonde arrondissement. Inget fast jobb, men det hade goda förutsättningar att kunna bli det, hade hon fått veta.

De första veckorna hade hon varit helt förbi av trötthet. Trött av ansträngningen men också av allt nytt och av rädslan att inte uppfylla kraven, inte göra tillräckligt bra ifrån sig. Det tog henne också ett par timmar att via buss, pendeltåg och tunnelbana ta sig jobbet, och hem tog det ofta ännu längre tid, eftersom nattbussen inte passerade särskilt ofta och inte heller hade samma sträckning som den på dagtid. Dessutom började tiden på kvinnojouren att rinna ut för deras del och de måste snart upplåta sin plats för någon annan, fick hon veta.

Så hon började söka lägenhet inne i Paris.

– Du är allt naiv, du. Trodde du verkligen att du, en arab med städvikariat och två ungar, skulle få en flott våning på boulevarderna?

Fanta skrattade så att de långa flätorna rasslade mot ryggen när hon och Nedjma tog sin förmiddagskopp vid disken i den lilla affären, där matbananer i alla mognadsgrader tävlade om utrymmet med konserverad palmnötspasta och påsar med maniokmjöl.

– Lilla Nedjma, välkommen till verkligheten! Du tror väl aldrig att fransmännen släpper in såna som oss i sina fina hus?

Nedjma tittade ner i kaffekoppen. De hade pratat om det där flera gånger. Det var ju bara det att hon känt sig så stolt. Så stolt över att hon, Nedjma, lyckats ta steget, steget ut i ensamheten och sårbarheten men också ut i oberoendet. Att hon, tvåbarnsmamman Nedjma som inte tagit studenten, lyckats ordna ett jobb åt sig, ett jobb i Paris. Samtidigt som rädslan inför framtiden slet i henne var det med rak rygg som hon första gången körde ut städvagnen i den okända kontorskorridoren.

Fallet hade blivit desto hårdare när hon i jakten på lägenhet fått sitt första avslag.

– Vad sa ni att ni hette? hade kvinnan i andra änden av luren frågat med en röst så pressad att det lät som om hon satt en tändsticka i halsen.

– Har ni någon borgenär då?

– Nä, men jag arbetar ...

– Vi accepterar endast hyresgäster med borgenär. Adjö.

Var det inte borgenär som saknades så var det två månadshyror i garanti och en i förskott. För det mesta krävdes båda delarna. Att hon hade två halvstora barn förbättrade inte hennes odds, det förstod hon snabbt. Det hjälpte inte att hon på heder och samvete försäkrade att hon skulle betala hyran punktligt, att hon förklarade att barnen aldrig skulle komma på idén att klottra i trapphuset, att hon absolut inte hade något emot gamla ingrodda heltäckningsmattor utan i själva verket visste allt om hur man rengör dem, att hon klarade sig utan badkar, att hon aldrig haft en skuld i hela sitt liv, att hon var ärligheten personifierad, att hon gärna bodde på sjätte våningen utan hiss och tvärtom var glad över att få daglig motion på köpet, att det inte alls var något problem för henne och hennes barn att bo alla tre i en etta på tjugofem kvadratmeter. Att hennes exman inte hade för avsikt att komma och bråka och störa grannarna, att hennes barn aldrig spelade hög musik, att hon inte hade katt och aldrig någonsin tänkte skaffa en, att hon inte rökte, att hon aldrig drack alkohol och att hon aldrig tog på sig samma strumpor två dagar i rad. Ja, det där sista hade hon faktiskt slängt ur sig till en medelålders man som varit ovanligt otrevlig. Han hade inte ens haft vett att förstå att hon varit spydig. Trodde väl inte att någon av hennes sort kunde vara det. Hade bara sett rakt igenom henne.

– Dra den där med strumporna igen, snälla Nedjma, bad Fanta sedan en av hennes andra stamkunder kommit in i affären och börjat lyssna på deras samtal.

Fanta bönade så enträget att Nedjma inte ville göra henne besviken, även om hon själv inte hade någon vidare lust att tala om sina egna tillkortakommanden inför andra.

– Jo, men det var ju den där mannen som jobbade på en förmedling, jag hade sett en annons om en tvåa borta vid Porte de Saint-Ouen ... Han började ställa en massa konstiga frågor, obehagliga frågor som absolut inte hade någonting med lägenheten att göra, tyckte jag. Som varför min man hade lämnat mig.

– Det har väl inte han med att göra! Och förresten var det ju du som lämnade honom! utbrast Fanta, precis som hon gjorde varje gång historien berättades. Och varje gång kom Nedjma att tänka på när barnen varit små och hon läst högt för dem ur sagoböcker som hon lånat på biblioteket. Varför äter inte vargen upp Rödluvan med en gång om han nu är så hungrig? hade Momo frågat varje gång. Och varje gång hade hon svarat likadant:

– För att han vill spara det godaste till sist, precis som du.

Kunden, som Nedjma kände igen, en bastant kvinna i fyrtioårsåldern med väl utmejslade drag, tog stöd med armbågarna mot en säck ris. Hon tittade intensivt på Nedjma, som om hon väntade på fortsättningen.

– Det var ungefär vad jag sa till honom också. Min exman har ingenting med lägenheten att göra. "Och hur ska lilla frun betala då?" fortsatte han och synade mig uppifrån och ner, som om han inte trodde att jag var kapabel att utföra ett hederligt arbete.

– Oh, vilket svin! gav Fanta ifrån sig, lite mer frånvarande den här gången, eftersom hon samtidigt försökte hålla koll på ett gäng tonårskillar som gjort halt utanför affären och som såg ut att närma sig fruktlådorna med illa dold beslutsamhet.

– Hallå där! Så, så! Ge er iväg! ropade Fanta och tog ett par steg mot dörren, samtidigt som hon slog med handen i luften, som om hon körde bort en flock duvor.

– Det är samma gäng som kommer varje dag. Häromveckan lyckades de nästan länsa lådan med äpplen medan jag tog betalt för en tändsticksask, förklarade hon.

– Fortsätt, manade hon sedan Nedjma.

– Ja, och sen började han ställa en massa konstiga frågor om vad jag åt, om jag hade sena vanor, om mina barn gick i skolan ... Till slut var jag så arg så jag trodde jag skulle explodera.

– Och sen?

Hennes nya åhörare väntade spänt på fortsättningen.

– Då slängde jag ur mig det där om strumporna. ”Och vet ni, jag byter faktiskt strumpor varje dag, precis som ni. För det gör ni väl?” sa jag.

Fanta skrattade så att hon skakade och råkade i farten slå till en påse maniokmjöl som åkte i golvet och sprack. Ett skirt, vitt stoftmoln steg upp från golvet, tillsammans med mjölets lätt syrliga doft.

– Och sen då? frågade kvinnan som inte hört historien tidigare.

– Ja, sen ... sen ... sen gick jag bara. Och sen hamnade jag här.

Den båda åhörarna nickade, de visste alltför väl vad hon talade om.

– Det gör vi alla förr eller senare, instämde den andra kvinnan, med ett tonfall som om hon talat om ett obönhörligt öde.

Sedan skyllde Nedjma på att hon måste till tvättomaten och gick sin iväg, med den spräckta mjölpåsen i handen. Fanta hade tejpat ihop den bäst det gick och gett henne den.

Hon hade aldrig riktigt kunnat förlika sig med smaken på maniokgröten, och dessutom var det svårt att få den klimpfri när man inte var van att laga till den. Men hon tackade aldrig nej till varorna Fanta stack åt henne. Även om det var maniok eller några övermogna bananer var det ett välkommet tillskott.

Här har jag i alla fall vänner, tänkte hon när hon rundade hörnet och såg hotellet vid nästa korsning. Och hon visste ju vad alternativet varit. ”Antingen letar ni reda på ett hotellrum eller så placerar vi barnen i fosterhem” – det hade varit det ultimatum hon fått. Någon subventionerad lägenhet visste hon att hon troligen inte skulle kunna få på flera, flera år. Förmodligen skulle hon inte komma längst fram i kön förrän barnen blivit så stora att de flyttat hemifrån, och då skulle det inte vara till någon nytta. Så till slut hade hon varit tvungen att göra det hon hela tiden försökt undvika.

En bekant hade tipsat henne om hotellet vid Château Rouge. Ingen dusch, inte ens en egen toalett, men det skulle inte vara vidare dyrt, bara sexhundra euro. Sexhundra euro! Så mycket hade de inte ens betalt för lägenheten i Aulnay-sous-Bois. Hon hade försökt intala sig själv att det bara var en tillfällig lösning. Att det snart skulle dyka upp någonting annat. Men hon visste ju att den tillfälliga lösningen förmodligen skulle vara i flera år. Om de inte blev utslängda innan dess, förstås.

Sista biten hem från Fantas affär gick hon förbi ett gammalt femvåningshus inklätt i byggnadsställningar. Huset hade stått övergivet ett bra tag, tydligen hade det varit fråga om någon arvstvist, och ett femtontal familjer hade tagit huset i besittning. Men en tidig morgon i våras stormade polisen fastigheten och körde ut alla som bodde där. Nedjma hade vaknat av ljudet från skrikande kvinnor och gråtande barn. De mest högljudda hade stoppats in i polisens piketbuss, som varit parkerad på en tvärgata. De andra hade först bara stått alldeles stilla på gatan, stilla med de få saker de hade fått med sig. Hon mindes särskilt en kvinna som bett om att få gå in igen och hämta något, något som uppenbarligen var av stort värde för henne av hennes ansiktsuttryck att döma. Polismannen hade enträget vägrat. Han hade order om att inte släppa in någon. Och de hade blivit förvarnade. Det var inte hans problem om hon inte packat sina ägodelar i tid.

Nedjma mindes barnen som stått på gatan i bara pyjamas – en del hade sömnigt krupit upp i någon vuxens famn och fortsatt att sova, helt obesvärade av dramatiken runt omkring. Andra hade uppspelta rusat runt mellan poliserna och bilarna som stod parkerade på gatan, medan de vuxna haft fullt sjå med att försöka samla ihop dem.

Evakueringen hade pågått en god stund, när Momo och Fathia gått till skolan hade trottoaren framför fastigheten fortfarande varit full av folk. Några personer som Nedjma inte kände igen – några som såg ut att bo i kvarteret men även några yngre, vita fransmän – hade dykt upp vid halv åtta på morgonen och börjat diskutera med polisen. Till slut måste polisen ha hotat med någonting för folkmassan hade satt sig i rörelse och upplösts.

Hon hade aldrig sett någon av dem igen, men arvstvisten var uppenbarligen över och lägenheterna hade snabbt sålts till personer med tillräckligt mycket pengar för att investera i ett område som fortfarande inte var vidare välfrekventerat men som hade ”stor potential”, som det hette på mäklarspråk. Så hade byggnadsställningarna kommit upp och nu var fasadrenoveringen igång. Nedjma undrade vilka som skulle bo där. Skulle investerarna verkligen hyra ut bostäderna till afrikanska sjubarnsfamiljer eller lokala langare? Kanske till studenter från landet som inte kände till staden? Vänstersympatisörer som sjöng den sociala mångfaldens lov? Hon hade sett flera av dem – socialarbetarna, lärarna och journalisterna – som stod och klämde på bananerna i Fantas butik och försökte se ut som om de åt precis lika mycket maniok som potatis och som självklart ville prova de direktimporterade fladdermössen som

Fanta med ett illmarigt leende drog upp ur frysboxen och prövande dinglade med framför deras välmenande näsor. På det viset hade Fanta blivit av med ett helt lager fladdermöss som råkat tina lite under frakten från Kongo, hade hon berättat för Nedjma en dag och skrattat så tårarna runnit utför hennes vinterbleka kinder.

– De slängde dem ändå när de kom hem, det är jag säker på, fortsatte hon mellan skrattattackerna.

De där välvilliga vita brukade emellertid aldrig bli så långvariga i kvarteret. När första barnet skulle börja skolan brukade de ge sig av igen, till ett mer ”barnvänligt” område. Det var så de lite urskuldande brukade förklara flytten för dem som frågade.

Nedjma hade också velat flytta till ett barnvänligt område. Framför allt till en barnvänlig lägenhet med plats för att läsa läxor, med utrymme för en säng åt dem var.

Svart Golf

HAN LÅG KVAR I SÄNGEN en lång stund efter det att han vaknat. Stirrade upp i taket utan att tänka på något särskilt, kände hur värmen strömmade ut från kroppen till täcket och tillbaka igen, hur mjukt och tyngdlöst allting kändes. Klockan var inte mer än halv sju och det var söndag morgon, men han kunde inte somna om. Hans fru andades fortfarande tungt på kudden bredvid honom. Hon var ful när hon sov. Ansiktsmusklerna blev slappa och hennes gulaktiga hud tycktes förlora den lilla spänst den fortfarande hade kvar. Dessutom sov hon på rygg, med munnen på vid gavel. Ett under att hon inte snarkade mer än hon gjorde, tänkte han och gled tyst ur sängen för att sedan tassa nerför trappan till bottenvåningen. Hans försiktighet var dock inte så mycket ett uttryck av hänsyn till resten av familjen. Snarare handlade det om att han själv inte ville bli störd. Han tyckte om att dricka sin kopp kaffe i lugn och ro, ha huset tyst omkring sig, tillbringa en stund för sig själv och slippa få sin frus pseudoproblem serverade redan från gryningen.

När han gick ut på kökets kalla klinkergolv var det som om en hård stråle skjutit upp genom foten. Han rös medan han gick bort mot espressomaskinen, som han laddade med en kapsel av den näst starkaste sorten. Han borde kanske lagt in golvvärme i alla fall. Han hade tyckt att det verkade vara en onödig merkostnad. Sylvie hade tjatat om det men... Äsch, han fick väl köpa sig ett par innetofflor i stället.

Han vred på dimmern så att ljuset blev så där alldeles behagligt lagom och inte alltför starkt för hans morgontrötta ögon.

Kaffet bildade en svart och lika spegelblank som ogenomtränglig yta i den lilla vita koppen och den kraftiga och samtidigt smekande mjuka kaffedoften fick honom att för ett ögonblick sluta ögonen av välbehag. Sedan satt han där vid det väggfasta fällbordet i kökets lilla frukosthörna med endast tåspetsarna på det kalla golvet och svalde morgonens första kopp i små, behagfulla klunkar, samtidigt som han tittade ut mot hibiskushäcken som skiljde hans tomt från grannens. På andra sidan häcken var det mörkt i fönstret, men det var å andra sidan vardagsrumsfönstret som vette åt hans håll. Ändå visste han att de sov. Garridos var inte morgonpigga av sig på helgerna. De där sardingrillarna höll gärna igång till sent när de var lediga och han tänkte på hur skönt det var nu, under den kallare tiden på året, att slippa doftblandningen av tändvätska och stekt fisk som kapslade in grannskapet om somrarna. Deras hus var något större än hans, huvudentrén var till och med omgärdad av vita kolonner, om än i betong och oproportionerligt stora i förhållande till husets storlek. Men så var Garrido också i byggbranschen, precis som alla andra portugiser han kände till. Alla Garridos bröder hade hjälpt till att bygga huset. Jävla portugiser, tänkte han och flinade för sig själv. Men så länge de inte spelade på samma planhalva som han själv gick det väl an.

Han hade duschat och klätt på sig och stod i hallen för att snöra på sig sportskorna när det knakade till på översta trappsteget. Han suckade tungt. Ingen söndagsmorgon utan sin lilla skönhetsfläck.

– Alain, är du redan på väg ut? undrade hans fru med sömnraspig röst – morgonrocken hade hon hunnit få på sig men anletsdragen hade ännu inte riktigt kommit på plats.

– Jag måste ju hinna hämta bilen innan Julie vaknar, svarade han medan han reste sig upp och drog på sig jackan.

– Det lär nog dröja, så sent som hon kom hem i går kväll, eller snarare i morse, kontrade Sylvie och gav honom en mekanisk kindpuss sedan hon tagit sig nerför trappan.

– Hej så länge.

Han backade ut sin egen bil ur garaget och körde genom de söndagsöde villagatorna, genom ett lika folktomt centrum, förbi kyrkan och snabbköpet, ut mot industriområdet där de stora affärskedjorna hade sina revir. De asfalterade parkeringarna med sina rutnät av vitmarkerade p-platser låg tomma som landningsbanor framför shoppinghangarerna.

Så svängde han upp framför Volkswagens återförsäljare, låste sin bil och gick i riktning mot den svartblänkande, nya Golfen som stod parkerad framför entrén, precis som överenskommet. Han drog upp bilnycklarna ur fickan, tryckte på fjärrkontrollen och hörde det distinkta men ändå sofistikerade blippet när dörrarna låstes upp.

Sedan satte han sig försiktigt på förarplatsen, drog bak sätet så att han fick plats med benen, strök med handen över kontrollpanelen, drog in doften av fabriksny plast i näsan.

Bilen startade med ett behagligt spinnande. Han njöt av det diskreta motorljudet ett kort ögonblick, innan han slog på radion och gled ut på vägen igen till tonerna av Johnny Hallidays ”Ma vie”.

Det skulle bli en bra dag det här. Det skulle bli en jävligt bra dag. Han kunde redan föreställa sig Julies överrumplade min. Men också sin brors, sin svägerskas, sin svärfars. Den svarta Golfen var trumfkortet, tecknet på hans solida framgång, som en gång för alla skulle göra honom till en respektabel man. Nu kunde hans bror stå där och flina med sina försäkringsprovisioner bäst han ville. Sluta att lägga huvudet på sned och se orolig ut, som deras mor gjort medan hon ännu var i livet. Och Sylvies far … honom kunde han i fortsättningen helt enkelt ta och skita i fullständigt.

Alain gjorde en alltför snäv gir i aningen för hög fart och det sjöng till i däcken när han svängde in på sin egen gata, innan han bromsade in med en liten tvär nick framför garageinfarten. Alain is back in business. Here to stay. Han hade alltid varit en jävel på engelska.

Sylvie hade redan börjat duka när han kom in igen. Någon blommig duk i rosa och ljusgrönt som han aldrig hade sett tidigare, men å andra sidan brukade han inte fästa sig vid sin frus dukningsdetaljer. Storblommigt var det i alla fall, och till det hade hon valt gröna pappersservetter som hon försökte förvandla till konstfulla fåglar eller vad det nu skulle föreställa. I Alains ögon liknade de mest trasiga dragspel.

– Var har du hittat den där gardinen? frågade han och pekade förstrött mot bordduken.

– Det är ju duken jag köpte på Carrefour häromveckan, kommer du inte ihåg? Jag visade dig den ju, det var på lördagen när Richard kom över för att titta på matchen. Du tyckte den var fin, det sa du i alla fall. ”Den blir väl bra”, sa du. Jag tycker att den passar så bra ihop med Julie på något sätt, tycker inte du?

– Inte för att jag tycker att hon liknar någon skär ros...

– Jag som trodde att du tyckte om den. Men om du vill kan jag byta till den rutiga i stället. Det är ju lite förargligt nu när jag gått och köpt den här, men om du...

– Jag skiter väl i vilken duk du tar! Du kan lägga på mitt randiga påslakan om du vill, muttrade han och gick ut i köket för att sätta på dagens andra kopp kaffe, den starkaste sorten. Medan kaffet fräste gick han och plockade fram presentasken han köpt.

– Vad gör du? ropade Sylvie inifrån vardagsrummet.

– Vad tror du? var hans enda svar.

Precis som han trodde, hon stod i dörröppningen efter tio sekunder.

– Måste du vara så näsvis hela tiden?

– Jag är väl inte näsvis, det är du som lägger din näsa i blöt, kontrade han.

Så såg hon att han höll på att stoppa ner bilnycklarna och registreringsbeviset i den guldfärgade asken.

– Tror du nu att det här blir bra? Är hon inte lite för ung? Hon...

– Hade vi inte diskuterat färdigt?

– Diskuterat och diskuterat, det är väl du som...

– Kan du inte hellre fråga mig hur den var att köra? Hur den ligger på vägen? Den glider fram, kan jag berätta för dig, om du nu alls är intresserad.

Han ställde sig så nära henne att hon instinktivt tog ett steg tillbaka.

– Måste du låta så aggressiv...

– Den spinner som en katt. Startar på ett kick.

Och så knäppte han med fingrarna för att understryka bilens snabba accelerationsförmåga. Sedan drog han med ett nervöst ryck till sig den fyllda kaffekoppen, fick ett par droppar av den heta drycken på tummen och svor till.

Han borde haft en kvinna med mer klass, tänkte han sedan han dragit sig undan med kaffet på sitt så kallade kontor, en odefinierad avstjälpningsyta utan fönster inkilad mellan trappan och toaletten. En kvinna med stil. Nu fick han dras med Sylvie. Hon hade haft sina goda sidor när hon var yngre, det måste han medge, inte minst kroppsliga sådana. Men hon hade aldrig haft samma ambitioner som han, även om det till en början varit hon som tjatat om det här huset och på så vis ympat in sin dröm i honom. Men vägen dit hade hon egentligen ingen riktig aning om. Hon skulle ändå inte förstå. Och Julie fick absolut inte veta något. Han ville skydda henne. Hålla henne utanför den verkliga världen, den smutsiga världen, den tandlösa och svettluktande verkligheten. Vad han önskade mest av allt var att hans lilla prinsessa skulle stanna i sitt ljusgula förortsslott med brunbetsade fönsterluckor och mässingsbeslag. Hitta en förortsprins med BMW och egen VVS-firma som kunde bygga henne ett nytt slott, ett med pool och jacuzzi, dit han kunde komma som älskad och aktad morfar på söndagarna för att dricka öl på den teakklädda terrassen.

Han plockade fram ett album som stod på den väggfasta hyllan han skruvat upp ovanför det lilla skrivbordet. Det var hans enda fotoalbum, ett med bara bilder på Julie. Först och främst ett pärlband av födelsedagar – de första i den lilla tvåan i Paris, nära Porte des Lilas, med ballonger i taklampan och Sylvies torra chokladkaka på det vita plastbordet. Sedan födelsedagarna i den nya villan, med kamerablixten som reflekterades i vitrinskåpet och köpt tårta serverad på nytt, blankt porslin.

Där hade han också klistrat in bilder av Julie på cykel, Julies första skoldag, Julie som skakade hand med en plyschklädd Musse Pigg, Julie på delfinuppvisning, Julie utklädd till Snövit, Julie och hundvalpen…

Han var så koncentrerad på bilderna att han inte märkte att någon kommit in i rummet. Därför ryckte han till när han kände handen på sin axel.

– Du sitter väl inte här och blir nostalgisk, pappa?

Han tog tag i hennes hand, vred på huvudet så att han kunde ge henne en kyss på kinden.

– Har den äran på födelsedagen, min skatt.

Hon lade armarna om halsen på honom och lutade sig fram så att hennes långa, mörka hår kittlade honom på halsen.

– Kommer du ihåg Barbie? sa hon och pekade på den lilla cockerspanielvalpen som en Julie i betydligt yngre upplaga höll upp för fotografen.

– Klart jag gör, det var ju jag som köpte henne, svarade han vresigare än han tänkt sig.

Den där hundvalpen väckte fortfarande motstridiga känslor inom honom.

Hans dotter hade varit fullständigt utom sig den där eftermiddagen när deras högdragne granne tvärs över gatan backat ut med sin kräkgröna Peugeot utan att se den uppspelta lilla hunden som precis slunkit igenom dörröppningen till huset mitt emot. Som tur var hade Julie varit hos en klasskamrat när det hände. Men hon hade varit otröstlig när hon kommit hem framåt kvällen. Skällt på honom för att han inte med ens ringt hem till kompisen för att berätta vad som hänt, hysterisk över att han redan gjort sig av med den söndertrasade hunden. För att lugna henne hade han ljugit och sagt att han begravt hunden bredvid rosorna fast att han i själva verket stoppat hunden i en plastpåse och slängt den i soporna.

I ett par år hade hon hållit på och satt blommor på den fiktiva graven och han trodde nog att hon aldrig kommit på honom. Någonstans skämdes han till sin förvåning faktiskt över att han ljugit för henne, men än mer skämdes han över hur lättad han känt sig när djuret varit borta. Han hade aldrig varit någon djurmänniska. För Julie hade han alltid varit beredd att göra vad som helst, men han hade tyckt att lilla Barbie var ganska obehaglig när hon kom farande för att slicka honom i händerna och på fötterna och till och med i ansiktet i obevakade ögonblick.

– Varför har du aldrig velat skaffa nån ny hund? fortsatte han i stället.

– Jag vet inte, i början kändes det inte rätt och sen … hon rätade på sig med ens, tog ett steg tillbaka och studerade honom.

– Pappa, du har väl inte …

– Lugn, min sköna, nu är du så stor så nu får du allt skaffa en ny hund själv om du vill ha en.

Hon såg märkligt lättad ut.

– Men jag har kanske andra överraskningar i beredskap, tillade han.

Tyckte han att hon försökte dölja en hastigt påkommen oro?

– Jag går ut och kollar vad mamma håller på med.

Och med ens var hon borta igen.

Det blev precis som det brukade. Hans stele bror i en av sina eviga blekblå skjortor med en av de eviga randiga tjänsteslipsarna, hans lätt överviktiga svägerska som trodde att hon tillhörde något slags högre kast bara för att hennes man slavade på provision åt ett välkänt försäkringsbolag, svärfadern som ansträngde sig för att inte se förbättringarna Alain låtit göra ute på terrassen och inte heller nedlät sig till att kommentera det nykaklade badrummet en trappa upp. Fast att han som vanligt började besöket med en grundlig husesyn, ackompanjerad av små halvkvävda "här blir det nog fukt vad tiden lider" eller "här hade du allt kunnat utnyttja kvadratmetrarna bättre". Det hade flera gånger slutat med riktiga praktbråk, men i dag lyckades Alain hålla sig lugn. Till Sylvies förvåning, verkade det som.

De åt av steken som sin vana trogen stått för länge i ugnen och blivit nästan genomstekt eftersom Sylvie som vanligt varit rädd att den inte skulle bli klar i tid, uthärdade hennes senaste mani, ett slags rotfruktsgratäng som hon påstod var högsta mode på de stora krogarna – som om hon någonsin satt sin fot någon annanstans är på Buffalo Grill och Léon de Bruxelles.

Till sist var det dags för tårtan. Den hade han för säkerhets skull beställt själv. En skapelse i maräng, smörkräm och choklad, som han älskade.

Så kom presenterna fram. Brodern och svägerskan hade överträffat sig själva med ett litet nätt armbandsur med svart läderrem. Motvilligt måste han medge för sig själv att det inte var kattskit de köpt. Svärfadern tycktes ha överlagt med Sylvie för han kom med ett kuvert, ett bidrag till Julies stundande Londonresa.

Så var det hans egen tur. Han tyckte att allas blickar vändes mot honom i spänd förväntan när han lämnade över den gyllene asken.

– Julie …

Han harklade sig, insåg att han var mer rörd än han trott.

– Kära dotter. Du är på väg ut i livet på egen hand nu. Och för att det ska gå både fortare och smidigare och för att du ska hålla dig torr om fötterna även om regnet vräker ner … Varsågod.

Hon tittade nyfiket på honom, på den lilla asken och sedan på honom igen.

– Pappa vad har du nu hittat på?

Han hade svårt att hålla sig stilla, kände hur det började rycka i en nerv under högra ögat.

– Öppna nu då.

Det kändes nästan som om han var mer ivrig än vad hon var. Som Julie när hon var liten och bara inte kunde vänta på att han skulle öppna paketet med tomten hon gjort av gamla toarullar.

Så dinglade dubblettnyckeln i Julies hand. Det blev med ens alldeles tyst kring det rosenrosa matbordet.

Ett ”vad i …” slapp ur svärfaderns mun innan han lyckades få kontroll på käften igen.

– Gå ut i garaget så får du se! Kanske du kan bjuda din morfar på en åktur!

– Men pappa, det är ju alldeles för mycket … och jag behöver väl inte …

– Inget tjafs nu, gå ut i garaget och se på den! Är du inte nyfiken?

– Men jag klarar mig bra med pendeln och bussen ...

– Så slipper din mor och jag vara oroliga när du kommer hem sent! Gå ut i garaget nu!

Han insåg att han höjt rösten aningen för mycket, Julie såg nästan lite rädd ut.

– Visst ska jag gå och titta. Klart att jag är glad. Jag är lite överrumplad, bara. Inte hade jag kunnat tro ...

Sedan hade hon försökt ta igen, släta över sin första reaktion – lovordat hans val av bil, uttryckt sin beundran för den nydesignade bilradion och det praktiskt organiserade bagageutrymmet, när de tillsammans kört bort för att hämta hans egen bil från bilfirmans parkering. Och hans bror hade varit imponerad över förväntan. Svärfar hade knappt sagt ett ljud till under hela eftermiddagen och det var ett ytterst gott tecken. Men den där riktiga entusiasmen som han hoppats på från Julies sida hade uteblivit. För han hade nog sett hur hon ansträngt sig för att göra honom glad. Han förstod inte. Kände han inte sin egen dotter längre? Kunde han inte längre tyda hennes tankar?

På kvällen skyllde han på pappersarbete när han körde in till Paris.

Trehundrafemtio vitt

DET ÄR NOG ÄNDÅ den bästa stunden på dagen, tänkte Nedjma. När Fathia och Momo kommer från skolan. Då hade de en halvtimme tillsammans, om barnen kom i tid, om de gick direkt hem. Det brukade de göra, för det mesta. Det var bara Momo som ibland kunde vara lite sen. Ibland hände det till och med att hon var tvungen att åka till jobbet utan att hon hunnit träffa dem båda. Då skällde hon å andra sidan ut honom så grundligt att det brukade dröja några veckor innan det upprepades. Det var ju bara det att hon ville se dem någon gång under dagen, veta att allt var som det skulle, höra hur de haft det i skolan. Få dem att förstå att hon brydde sig, fast att hon nästan aldrig var där, när de väl var hemma.

Hade hon bara jobbat dagtid hade de kunnat tillbringa kvällarna tillsammans och hon hade kunnat se till att de gjorde sina läxor. För hon visste ju att det var si och så med det, även om de försäkrade att de gjorde vad de skulle. Men ibland bestämde hon sig för att se mellan fingrarna, orkade inte bråka den lilla tid de hade tillsammans. Bad till Gud att han skulle hjälpa hennes barn att förstå vikten av att arbeta bra i skolan. De fick i alla fall sällan några anmärkningar av lärarna, tröstade hon sig med.

Men hon visste ju att det inte räckte, att så mycket mer måste till för att komma härifrån. För att ta sig in i den verkliga världen, bli en i de levandes skara, få nyckeln till ett rent och rymligt liv. Ett liv där man kunde le när man presenterade sig själv, eftersom man kunde stå för vem man var. Nedjma visste inte ens vem hon var över huvud taget. Det var länge sedan den säkerheten övergett henne.

Hon tittade på klockan. Det skulle dröja en bra stund innan barnen kom. Hon bestämde sig för att utnyttja tillfället och gå en trappa ner för att betala hyran. Det blev nästan alltid tjafs, så hon föredrog att vara ensam med monsieur Arnaud.

Så här dags på eftermiddagen rådde dessutom relativ stiltje vid bardisken och det tyckte hon också var skönt. På så vis hade hon möjlighet att slippa alla obehagliga kommentarer hon inte bett om, från människor som inte visste någonting om hennes liv.

Hon plockade fram kuvertet som låg längst in i skåpet bakom högen med kläder, instucket bakom det vaxade pappret som klädde garderobsväggen. Sexhundra euro. Kontant. Hur många gånger hade hon inte varit rädd för att komma hem och upptäcka att låset på dörren var uppbrutet och kuvertet borta. Alla visste ju när i månaden monsieur Arnaud drev in sina hyror och alla visste att han endast accepterade kontant betalning. Det skulle ha varit en lätt match för någon av hans tvivelaktiga bargäster att bryta sig in: barens enda toalett var ju den som Nedjma och barnen själva tvingades använda, ingen skulle fråga sig varför någon av gästerna gick en trappa upp.

Hittills hade hon klarat sig undan, men hon visste att det bara var en tidsfråga innan något hände. Och den dag det väl inträffade skulle hon inte veta vad hon skulle ta sig till. Hon föredrog att inte tänka tanken ut. Smidiga, automatiska kontoöverföringar var inte till för sådana som hon. Det var sådant man ägnade sig åt i den andra världen, den där allting fungerade, den med checkhäften och kreditkort, framförhandlade hyror och hyresavier som damp ner i brevlådan. Château Rouge tillhörde inte den världen. När man dök ner på någon av kvarterets bakgator var det som om man tagit sig bakom en teaterkuliss: bakom fanns en dold verklighet, där människor ägnade sig åt att suga märgen ur varandra, livnära sig på varandras olycka. Ett spel där det hela tiden gällde att agera snabbast och ständigt se till att hålla ryggen fri. Nedjma hade förlorat innan hon ens försökt vinna, det visste hon, sådant låg inte för henne. Detta var inte hennes värld. Och ändå hade hon tvingats ner i den. För att kanske aldrig mer kunna ta sig upp.

Hon stoppade kuvertet i fickan och gick ner till baren. Två män i trettioårsåldern satt och drack öl vid ett fönsterbord och diskuterade med långa, tysta avbrott något som stod i annonstidningen på bordsskivan mellan dem. Vid själva bardisken halvlåg Rachid – vilken tid på dygnet man än kom hit fanns han här.

Solen blänkte i öltapparna och gav baren ett nästan nostalgiskt skimmer, om det inte hade varit för askkopparna i grön plast, det senapsgula klinkergolvet och fransgardinerna i två av de illa putsade fönstren.

– Jag tror det kommer paket till dig, sa Rachid till monsieur Arnaud när Nedjma steg in på baren.

Rachid lyfte hakan en aning, som för att se henne bättre. Sekunderna efteråt hade den dock ramlat ner i handflatan igen.

– Du får dig det allt serverat, fortsatte han och plirade med ögonen mot henne som om hon varit ett villebråd som bett om en kula i pannan.

– Jaså, det var så dags, sa monsieur Arnaud med låtsad förvåning när han tittade upp mot henne.

Hon log ett mekaniskt varggrin som hon stängde av lika snabbt som hon slagit på det. Det var hennes enda och ynkliga sätt att visa sitt ogillande. Patetiskt, det insåg hon ju själv. Men ändå bättre än ingenting. På så sätt kunde hon i alla fall försöka inbilla sig själv att hon bjöd motstånd.

Hon sa inget utan drog bara upp kuvertet och räckte över det.

– Det är jämna pengar, du kan ju alltid räkna efter.

– Jag litar på dig, det vet du, log han och stoppade kuvertet i bakfickan.

Nedjma var övertygad om att han skulle gå ut i köket och slita upp kuvertet så fort hon försvunnit därifrån.

– Ordning och reda, pengar på fredag, hördes det från Rachid ögonblicket innan han lutade huvudet lätt bakåt för att svepa det sista i ölglaset.

Ur en låda drog monsieur Arnaud fram sitt kvittensblock och skrev. Trehundrafemtio euro. Som vanligt. Och som vanligt sa hon ingenting. Ingenting alls. Låtsades som om hon ingenting förstod, eller värre, att det rådde något slags hemligt samförstånd dem emellan. Monsieur Arnaud var den siste hon hade lust att ha några hemligheter tillsammans med. Och ändå var det just precis vad hon hade.

Så hon bara tog kvittenslappen, stoppade den i fickan där det dyrbara kuvertet nyss vilat och gick snabbt den smala trappan upp till sitt igen, förbi toaletten som ständigt luktade lika illa, hur ofta hon än skurade den.

Hon satte sig på sängen när hon kom in. Stirrade tomt framför sig och konstaterade att fuktfläcken på väggen mitt emot fortsatt att föröka sig, med flera nya, grågröna förgreningar. Ett möglets eget solsystem med både vintergator och planeter, som trots sitt kaosartade yttre följde ett förutbestämt mönster.

Hon kände sig tom. Tom och lätt på samma gång. Det var alltid samma känsla när hon betalt hyran. En lättnad över att ha säkrat ytterligare en månad för sig och barnen, en lättnad så stark att den till och med blev fysisk, som om hon lagt av sig flera kilo där nere vid bardisken.

Samtidigt tomheten, som gjorde bröstet så ihåligt att man borde kunna höra hjärtat skramla omkring därinne. Tomheten över det ynka lilla som hennes dagliga arbete räckte till, tomheten över att aldrig lyckas höja sin tillvaro över överlevnadens gräns. Och så den smygande paniken över hur hon skulle få resten av månaden att gå runt när nu hyran redan ätit upp det mesta.

Tre snabba och pockande knackningar på dörren. Hon ryckte till och stirrade förvånat på klockan. Barnen skulle inte vara här ännu.

– Jag kommer!

Hon drog sig bort mot dörren och öppnade den försiktigt. Hon hade blivit misstänksam sedan hon flyttade hit. Inte för att det hittills verkligen hade hänt något allvarligt, men bargästerna där nere gav henne ingen ro. Vissa fredagar och lördagar låg hon vaken till stängningsdags, hörde hur de snubblade i trappan, ramlade, svor, skrek till, sparkade på hennes tunna dörr så att vibrationerna kändes ända bort till sängen där hon låg och tryckte mellan den kalla väggen och sin sömnvarma dotter.

Ibland försvann inte gästerna trots att monsieur Arnaud släckt och låst och åkt hem till sig. De stod i stället kvar ute på trottoaren, nedanför hennes fönster, som en oformlig och hotfull skugga. Hon visste att de förmodligen inte brydde sig om henne och barnen, men hon kunde inte bli kvitt obehaget. Känslan av att inte känna sig fredad någonstans, inte ens bakom den egna dörren, var alltför stark.

– Candela! Vilken överraskning!

Nedjma öppnade dörren på vid gavel när hon fick se vem som stod utanför.

– Hur lyckades du ta dig in utan att bli sedd?

– Gubben måste ju gå och pinka nån gång, han också, kluckade kvinnan i dörren förtjust medan hon gled förbi Nedjma.

Så slog hon sig ner på sängen, lät den pälskantade midjejackan glida ner på överkastet och korsade benen med de mörklila lackstövlarna.

– Vad det skulle smaka gott med lite kaffe! sa hon och slog ut med händerna så att de smala armbanden rasslade i takt med hennes pärlande skratt.

– Du kan inte ana vad det gör mig gott att se dig igen, det var alldeles för länge sedan du var här. Vad har hänt sen sist? undrade Nedjma medan hon snodde runt för att hitta ett par rena muggar som hon ställde på soffbordet tillsammans med sockerskålen och burken med pulverkaffe.

Hon gick bort till handfatet och fyllde vattenkokaren som snart började susa sedan hon pluggat in den i väggkontakten borta vid garderoben.

– Å, inget särskilt, svarade Candela och vred lite på huvudet samtidigt som hon drog upp axlarna i en oprecis gest. Jag hade vägarna förbi och så började jag fundera över om ni fortfarande var kvar här.

– Du är dig lik, ständigt lika optimistisk! Fast det förstås, vi kunde ju alltid ha hunnit bli vräkta, kommenterade Nedjma medan hon hällde upp det kokheta vattnet i muggarna.

– Du vet familjen som bodde här ovanpå?

Candela nickade medan hon hällde försvarligt med kaffepulver i sin mugg, för att därefter lägga i tre sockerbitar.

– De var borta i fem dagar, mannens bror i Angers hade dött. Då passade han på. Körde iväg med deras saker och flyttade in en ensam man i stället. Man fick inte bo fem i ett rum, var hans förklaring. Inte ens jag märkte att nåt var på gång, han vet att fixa sina grejer diskret.

Candela skakade upprört på huvudet.

– Men sätt dig nu, Nedjma, sätt dig ner, du springer ju hela dagarna i alla fall.

Och hon tog Nedjma lätt i underarmen och drog henne varsamt men bestämt nedåt, så att hon tvingades att sätta sig ner.

– Hur är det med barnen? Själv fick jag brev från min systerdotter i Cuenca i förrgår, hon pluggar till sin studentexamen. Hon skriver att det är kämpigt men att hon känner sig hoppfull och att hon vet att hon med Guds och min hjälp kommer att klara det. Och jag är säker på att hon kommer att lyckas! Då har min stund på jorden i alla fall tjänat nånting till.

Och så tryckte hon båda handflatorna mot bröstkorgen, den ena ovanpå den andra.

Efter en stund sa Candela att hon var tvungen att gå, tackade för kaffet men lovade att komma snart igen, och gick efter att ha utdelat fyra kindpussar. Nedjma saknade henne redan när hon hörde hennes stövelsteg avlägsna sig i trappan.

Hon hade själv förändrats en hel del sedan hon kom till

Château Rouge, tänkte Nedjma medan hon slog på tv:n och drog fram strykbrädan. Och inte enbart till det sämre. Hon mindes så väl första mötet med Candela. Den yviga men varmhjärtade kvinnan i en mans kropp, som sålde allt utom sin själ för att betala systerdotterns utbildning i Ecuador. De hade bott mitt emot varandra under ett halvår, innan monsieur Arnaud slängt ut Candela sedan hon smugglat in en av sina kunder på rummet.

Nedjma hade svårt att erkänna ens inför sig själv att hon fördömt Candela till en början. När hon efter ett tag förstått hur det hela hängde ihop med kvinnan som inte verkade passa in någonstans, hade hon först blivit rejält chockad, sedan äcklad. Och faktiskt också känt sig moraliskt överlägsen på något sätt.

Kanske det var det ögonblicket hon väntat på. Ögonblicket då hon äntligen fick en chans att tränga sig förbi någon annan förlorare på den sociala rangskalans allra nedersta trappsteg.

En kväll när hon kommit hem hade hon inte hittat barnen. Så hade hon hört välkända skratt från hotellrummet mitt emot och ursinnigt knackat på. Men när hon fått se barnen sitta där med Candela och spela luffarschack hade hon skämts.

– Jag hade lagat så många bolones att det räckte till Momo och Fathia också, hade Candela storleende förklarat och sträckt fram fatet mot Nedjma, som inte kunnat göra något annat än ta den sista, ostfyllda bananbollen.

Sedan hade barnen flera gånger tillbringat de tidiga kvällstimmarna inne hos Candela, innan hon skulle iväg och jobba, och Nedjma hade flera gånger känt sig tacksam över att hon fortfarande inte var så stel i sinnet att hon inte förmådde ändra uppfattning om folk.

Det knackade på dörren en gång till. En knackning hon skulle känna igen i sömnen.

– Det är öppet gumman, jag glömde låsa!

Och så Fathia som släntrade in, slängde ryggsäcken på sängen och kastade sig raklång bakåt.

– Jag är så trööött ...

– Du håller väl inte på att bli sjuk? undrade Nedjma oroligt.

– Nej, men vi har haft engelska, dubbeltimme, och det sliiiiter, mamma ...

– Sluta sjåpa dig, hjälp mig att vika tvätten i stället.

Mycket mer hann de sällan säga till varandra, Nedjma och hennes dotter. Några ord om hur det varit i skolan, förhållningsorder vad gällde läxläsningen, upplysningar om vilken middag som väntade i kastrullen och det ständiga kravet att låsa dörren, inte öppna för någon och stänga fönsterluckorna när det började bli mörkt.

Och ändå var det den finaste stunden på hela dagen. Minuterna hon levde för.

Pirayor

DET TOG VÄL INTE MER än några sekunder att gå igenom, femton kanske. Max. Om man hade kollat på en klocka och tagit tiden skulle det ha gått lika snabbt som ett hundrameterslopp. Men varje gång var det som om någon tryckt på en sådan där slow motion-knapp och fått varje rörelse att tänjas ut, som ett ovanligt segt tuggummi. Det handlade om ett ögonblick, men det var det längsta ögonblicket på hela dagen, evighetslånga sekunder som hon försökte låta bli att tänka på alla de andra timmarna och minuterna och sekunderna, när hon var hemma eller i skolan.

Morgonen var okej, då var de flesta så trötta att de inte orkade höja blicken över kaffekoppen eller brännvinsglaset som en del av de där gubbarna tydligen behövde för att komma igång. Likt gamla bilar som behövde blanda sprit i bensinen för att över huvud taget starta när det var kallt. Sådana gubbar var inte obehagliga. De var mest pinsamma där de satt och samlade kraft för att lyfta koppen eller glaset till munnen, fullständigt koncentrerade på sin morgonritual.

Men på eftermiddagen, när hon kom hem från skolan. Då hade de hunnit vakna till liv. Börjat breda ut sina upptinade kroppar. De lät blicken flacka, vandra från den ena delen av lokalen till den andra, på jakt efter något intressant och avvikande att fästa blicken på, i brist på annan sysselsättning. Flockades i allt större grupper där inne, vid bardisken eller kring borden.

Hon hade aldrig sagt till någon hur hon kände det, för hon hade ju ändå inget val. Hon måste gå igenom baren för att komma hem.

– Du, jag ska be min bror kopiera den där låten, du ska få höra i morgon, den är bara för grym, sa Mégane sedan de saktat ner på stegen och slutligen stannat helt framför det dammiga barfönstret, som under dagen dessutom blivit prytt av en enorm spottloska från någon förbipasserande.

– Säkert att du inte vill följa med hem till mig, så kan vi göra läxorna tillsammans? Det är mycket roligare då, fortsatte hon.

– Hade varit jättekul, men du vet, mamma väntar och så ... hon vill att vi ses innan hon ska jobba och så gillar hon inte att jag går hem ensam på kvällen sen, svarade Fathia medan hon sög på hårtesten som inramade hennes vänstra ansiktshalva.

– Okej, ingen fara, jag fattar. Kanske en annan gång.

– Mm, en annan gång. Vi ses i morgon.

Mégane, som redan börjat gå nerför gatan, vände på huvudet och nickade. Fathia blev ensam kvar på trottoaren. Mégane var hennes allra bästa vän, en av de få i klassen som visste var hon bodde. Ändå väntade hon alltid tills vännen hade gått sin väg innan hon sköt upp dörren till baren. Hon visste inte riktigt varför. Det hade bara blivit så. Kanske behövde hon samla sig innan hon gick in för att konfronteras med alla blickarna där inne. Kanske ville hon inte heller att minsta lilla rökpust där inifrån skulle blåsa ut till hennes vän. Ville inte att lukten av avslagen öl och gubbsvett skulle sippra ut, eller att de grova rösterna skulle höras ut på trottoaren. Hon önskade att det suttit sådan där silverfärgad isoleringstejp runt dörren och alla fönstren så att ingenting hördes eller luktade, då kunde gubbarna suttit där inne och rört sina ljudlösa och luktfria munnar upp och ner som guppyfiskar, ingen hade behövt bry sig. För några tanter hade hon aldrig sett där. Inte ens någon enstaka fylletant, sådana som hon ändå såg på gatorna ibland. Några par kom över huvud taget aldrig dit. Och där fanns inga unga bargäster heller. De som var för stora för McDonald's men ännu inte var särskilt gamla träffades på Girafe Maboule, ett par gator längre ner, mot parken till.

Den här baren var ett ställe för losers, som Momo förklarat saken för henne en gång och hon var ganska säker på att hon förstod vad han menade.

Hon stod där ute på trottoaren i flera minuter, med ryggsäcken över vänstra axeln, tyngden på högra höften, som om hon väntade på någon. Bet i hårtesten. Tittade på klockan. Låtsades leta efter något i jackfickan. Tittade på klockan igen. Skrapade med ena skon mot trottoarkanten, som om hon försökte få bort ett tuggummi som fastnat på sulan. Såg uppåt gatan, sedan nedåt, drog ner ryggsäcken från axeln, öppnade dragkedjan till ytterfodralet, stängde det. Så klockan igen.

Till slut började det kännas nästan lika olustigt att stå där och vänta på en påhittad vän som att gå in. Hon drog ner den urvuxna jackan så långt det gick, rätade på kroppen, tryckte hela handflatan mot handtaget med alla feta handavtryck och sköt upp den tunga och tröga glasdörren.

Hon undvek att räkna gubbarna som satt där när hon kom in. För att räkna dem skulle hon vara tvungen att titta på var och en av dem, om än ytterst flyktigt, och det visste hon att de skulle märka. Och om de märkte att hon tittade på dem skulle det genast leda till kommentarer som hon visste att hon inte klarade av att hantera.

I stället försökte hon känna efter hur många de var. Läsa av luften, ljudnivån, de små rörelserna och skuggorna hon anade i ögonvrån. Sådär en åtta, tio stycken var de nog i alla fall. Ett helt stim att ta sig förbi.

Så hon gjorde precis som hon brukade göra varje dag när hon kom hem. Fäste blicken på trappan i andra änden av lokalen, på sjätte trappsteget, det som var precis i ögonhöjd från hennes utgångsposition. Försökte gå alldeles rakt, utan att titta åt varken höger eller vänster, som när hon varit liten och de haft gymnastik på dagis och skulle gå på ett rep som låg på golvet och om man trampade utanför blev man uppäten av pirayorna och åkte ur hela leken.

Ändå kunde hon känna ansiktena som vändes mot henne. Som sådana där laserpistoler med rött ljus, och hon som blev självlysande. Sedan tänkte hon på Momos förstoringsglas, det som han fått av pappa en gång när han var liten men som han sedan blivit av med, det som de använt som brännglas och som de en gång lyckats skada en stackars groda med. Fast den hade redan varit död förstås, till och med lite torr, annars skulle de ju inte ha lyckats hålla den stilla. Men ändå. Det hade blivit ett litet brunt märke på ryggen på den och hon skämdes fortfarande över det, på något sätt. Nu var det i stället hennes egen hud som var brännglaset, ett brännglas där allas blickar samlades och koncentrerades till en enda, svidande punkt. För de där blickarna gjorde ont, hon blev liksom alldeles het i bröstkorgen av dem och kände hur ådern vid vänstra tinningen började bulta.

– Vill hon inte ha en Orangina, flickan? kom det från en av gubbarna vid bardisken och hon kände hur det knöt sig i magen. Hon hoppades att han inte skulle sträcka ut handen för att röra vid henne och koncentrerade sig på trappan allt vad hon kunde, som om hon skulle komma fortare dit om hon tittade riktigt intensivt. Som i Krambjörnarna, som hon tittat på när hon var liten. Om man bara önskade riktigt, riktigt intensivt...

– Kunde du kanske säga goddag i alla fall, Fathia? Har inte din mamma lärt dig att hälsa? kom det sedan som vanligt från gubbjäveln bakom disken och då var hon ju liksom tvungen att vända sig om.

– Goddag, mumlade hon med nedböjt ansikte men hon kunde ändå inte undvika att se mannen som velat bjuda henne på en läsk. Han var säkert minst femtio, tänkte hon, glest hår på huvudet och ett par ljusbruna bomullsbyxor som veckade sig kring anklarna. På låren skymtade mörkare fläckar, som om han torkat av händerna direkt på byxorna efter att ha ätit. Hon rös.

– Vågar du inte titta på mig, tös? Jag är väl ändå inte stora stygga vargen, sa gubben med de fettfläckiga byxorna och skrattade så att han började hosta, sådana där djupa, äckliga avgrundsrosslingar som storrökare ger ifrån sig.

Monsieur Arnaud stod bakom öltappen och ryckte på axlarna åt dem båda, som om han tyckte att situationen började bli besvärande och ville få den överstökad. Hon kände nästan tacksamhet gentemot honom när hon vände sig om igen för att gå de sista stegen bort mot trappan.

– Äh, det gjorde väl inget, är det förbjudet att bjuda en unge på läsk i det här landet? hörde hon gubben säga till monsieur

Arnaud som tydligen kommit med någon lågmäld kommentar som hon inte uppfattat. Och nu brydde hon sig inte. För nu hade hon lyckats ta sig över havet med pirayorna, kommit förbi alla bläckfiskar, lyckats undvika att hajarna fick upp vittringen. Hon var så lättad att hon knappt ens kände pisslukten från toaletten när hon kommit uppför trappan till första våningen. En lång, två korta, en lång. Samma knackning varje dag. Och samma trygga röst som uppmanade henne att öppna. Hon var i hamn. Nu skulle hon inte behöva ta sig över havet förrän i morgon igen.

Ett riktigt kap

ALAIN SVOR TYST FÖR SIG SJÄLV medan han återigen växlade ner till ettan. Det var ju fan också att han skulle få för sig att köra A3:an in till stan just i dag. På tjugofem minuter hade han kommit – sexhundra meter? Niohundra? Tvåhundrafemtio? Skit samma, kön rörde sig endast framåt i små, korta ryck, lika oberäkneliga och lika oförklarliga som vanligt. Alla dessa forskare som studerade amöbor och malaria och amerikanska hemmafruars sexliv – de borde intressera sig för bilköns väsen i stället. Hur kom det sig att en motorvägskö plötsligt bara upphörde lika snabbt som den uppstått? Varför var det inte alltid den yttersta filen, den utan påfarter, som var den snabbaste? Sådana frågor borde utredas. Då kunde livet förbättras för miljoner människor, det var han övertygad om, och så bytte han ilsket radiokanal, orkade inte lyssna på nyheterna en gång till, han hade hört sammandraget redan för en kvart sedan och inget av vikt hade tillkommit sedan dess.

Alain såg upp igen, den röda Forden framför honom hade plötsligt gett sig iväg i ett språng på säkert femtio meter. Han gasade, men inte tillräckligt, och motorn dog. Fan. Vred om nyckeln, inget hände, bilen bakom började tuta. Helvetes jävlar. Till slut startade bilen med ett ryck och på bara några sekunder knappade han in på Fordens försprång och fick nästan tvärbromsa för att inte ränna in i bagageluckan med det korsikanska klistermärket på.

Han kände hur han var alldeles svettig på ryggen av ilska och frustration, och det gjorde honom än mer uppretad.

Alla dessa människor som satt här med en nervös och ömmande fot på kopplingen, som om de försökte hålla tillbaka sin utlösning in i det längsta, hade de inget annat för sig en lördagsförmiddag än att blockera vägen in till Paris?

Efter en stund som kändes som en outhärdlig evighet av skärseldssnitt passerade han kontorsskraporna i Bagnolet. Han tittade på klockan och drog en suck av lättnad. Han var försenad, det var han, men mindre än befarat. Han skulle nog hinna i alla fall. Så drog han upp mobiltelefonen ur jackfickan.

– Hej, det är Alain. Ja, jag vet, men det är förbannat tjockt med bilar på vägen in, helt igenproppat. Det har visst varit nån stor jävla olycka. Kan du inte stanna kvar? Nån annan kanske kan visa mig? Om du lämnar nycklarna till Natalia? Det är okej. Ses vi till lunch, så att vi kan diskutera detaljerna? Du väljer ställe, jag bjuder!

Klockan hade hunnit bli tjugo i tolv när han parkerade bilen på en p-plats utanför mäklarbyrån på Rue Ordener. Han var femtio minuter försenad. Natalia såg upp från datorn när han steg in genom dörren och efter några inledande hälsningsfraser, frågor om respektive barn, kommentarer om vädret och den stundande helgen, plockade hon fram en nyckelknippa ur skrivbordslådan och tog ner sin jacka från väggen.

– Det är inte långt, knappt fem minuter härifrån, förklarade hon med mekanisk stämma.

Det där visste han ju redan. Men kanske hon sa det i förebyggande syfte, för att fylla ut den tystnad som riskerade att breda ut sig sedan de vanliga plattityderna blivit yttrade? Om det var något som mäklare var livrädda för var det tystnad, det hade han lärt sig. Blev det tyst i en halv minut började de prata om utsikten eller parketten eller något annat som var så uppenbart självklart att man nästan fick lust att tycka synd om dem för deras enfald. Vilka fånar, tänkte han samtidigt som han ännu en gång konstaterade att Natalia trots sina tre barn behållit en konstnärligt rundad och ytterst aptitretande bakdel som rytmiskt svajade från höger till vänster där hon gick snett framför honom. Han kände hur det stack till i händerna, händerna som längtade efter att omsluta det åtsittande byxtyget, klämma åt, sedan lossa taget något, för att långsamt glida ut över de välvda höfterna. Det skulle vara så lätt, så lätt när ytterdörren stängts, i kokvrån eller mot en garderob... Han schasade irriterat bort sina fantasier och bestämde sig för att i stället fästa blicken på en butiksskylt längre ner på gatan.

De vek av till höger, in på en liten sidogata, och med ens var det som om någon lagt sordin på världen. Trafikbruset dämpades på den trånga och mörka gatan som av naturliga skäl var enkelriktad, eftersom det skulle vara omöjligt för två bilar att mötas utan att behöva skava däcken mot trottoarkanten. Han undrade vart gatan egentligen ledde. Endast enstaka ljud – ett rop, en kastrull som någon tappade i golvet – skar igenom lugnet.

Framför nummer sju stannade Natalia och slog in koden.

– Femte våningen. Det gör lägenheten ganska ljus, sa hon utan att vända sig om.

Så fan heller, tänkte han, men sa inget utan ansträngde sig för att hålla jämna steg, för att inte framstå som alltför otränad. Han insåg varför Natalia var i så god fysisk form – alla trappor en mäklare i Paris måste avverka dagligen måste vara ytterst effektiv motion.

Det var en smal trappa, lik så många andra i det här kvarteret och i andra liknande områden i Paris. En smal och gråsliten trätrappa som ingen tänkt på att slipa och lacka på mycket länge och där de många paren fötter från alla trångbodda och barnrika familjer bildat en mjuk skål i mitten av varje trappsteg. Ledstången var ranglig och mer än en gång ryckte han till när den rörde sig i sidled. Han hörde ljud från en tv bakom en dörr, bakom en annan höll en kvinna på att skälla på ett barn, men de mötte ingen på vägen upp.

Till slut stannade de framför en rödmålad dörr.

– Här är det, sa Natalia med ett inövat och lätt ansträngt leende och satte nyckeln i låset. Ett lås som mest var symboliskt, vad han kunde se. Ett sådant som flög i bitar vid första bästa hyfsat välriktade spark. Men de som bott där hade väl inte haft några förmögenheter att skydda, tänkte han och steg in.

Sexton kvadrat hade Henri sagt, och det kunde nog stämma. På ungefär tio sekunder hade han skannat av lägenheten: ett enda fönster, i dåligt skick. Gammal parkett, lika dåligt underhållen som trappan, två bitar saknades till och med. Gamla elledningar hängde löst från ena väggen. Kokvrån utgjordes av en låg vask som dessutom var rosafläckig av gammal målarfärg, samt ett väggfast skåp som någon försökt måla om i samma rosa färg som prydde vasken. Framför vasken hade en bit plastmatta i fuskek klistrats fast direkt på parketten. Han kikade in i badrummet. En toalettstol med spräckt lock, ett handfat av billigaste modell, även det med en spricka i emaljen. En duschkabin av absolut enklaste slag hade klämts in mellan handfatet och toaletten. Gjort på tidigt nittiotal, gissade han och njöt inombords av sin egen kännarblick. Någon ventilation kunde han inte upptäcka och de oregelbundna mönstren av grå prickar på väggarna bekräftade tesen. Han gissade att det var en gammal klädkammare man byggt om till våtutrymme.

Perfekt. Precis vad han var ute efter.

– Vi kan gå nu, Natalia, sa han och ansträngde sig för att le så älskvärt han kunde.

Hon nickade kort och låste dörren bakom dem.

– Men har man sett, är det inte mister fastighetsimperiet himself!

Henri reste sig och gav Alain en kamratlig dunk i ryggen.

– Jag blev klar tidigare än väntat, människan jag väntade på dök aldrig upp, sa han och suckade medan han åter igen satte sig ner och smuttade på ölen han redan beställt in.

Restaurangen Henri valt låg ett stenkast från hans egen mäklarbyrå och ett ögonblick funderade Alain på om Henri över huvud taget haft ett annat möte inbokat eller om han bara hittat på det som en markering. För att visa vem som förde befälet.

Skit samma, tänkte Alain och slog sig ner mitt emot. Stället var av traditionellt snitt. Bruna trämöbler, vita dukar med pappersduk ovanpå för att spara på tvätten men med tämligen smakfulla blomsterarrangemang på varje bord, generösa fönster som släppte in mycket ljus och hyfsat snygga ljuskronor i färgat glas.

Han var angelägen om att komma till skott, men eftersom otålighet inte var någon dygd i den här branschen, ansträngde han sig till sitt yttersta för att visa sig obesvärad och studerade ingående menyn trots att han redan visste vad han ville ha.

Till slut blev det Henri som bröt isen när maten kom in. En poäng till mig, tänkte Alain.

– Vad tyckte du då? undrade Henri och stoppade in en försvarlig bit pepparsåsdoppad rumpstek i munnen.

– Ja, ytan är korrekt men ... priset är lite väl högt, tycker jag. Det är mycket som behöver åtgärdas innan det går att hyra ut, jag kan ju inte hyra ut vilken skit som helst. Och då pratar jag inte bara om att lägga nytt golv och att måla väggarna. Du vet ju själv att elen måste dras om. Badrummet måste rivas ut helt. Stammarna behöver säkert bytas om inte alltför många år och vad jag har förstått så har inte fasaden blivit vidgjord sen ...

– Som om du brydde dig om såna detaljer, du skulle höra dig själv! Du är allt en rolig filur, du. Men okej, vad föreslår du?

– Att du förklarar för ägarna att de borde begripa att de inte kan få mer än sjuttiotusen för den där skiten.

– Sjuttiotusen?! Skojar du? Det är ju en lägenhet med stor potential, jag kan få loss minst nittio!

– Potential! Din potential kan du ta och stoppa upp nånstans!

De skrattade båda hjärtligt åt hans skämt. Det var ett gott tecken.

Så skakade Henri på huvudet och låtsades se ut som om han stod inför ett oöverstigligt hinder samtidigt som han skar loss ett nytt stycke av köttet och stoppade i munnen.

– Vad säger du om femtusen till dig?

– Åtta, lyckades Henri få fram mellan tuggorna.

– Du får sju. Cash. Om du övertygar dem. Snabbt.

Alain visslade för sig själv när han gick ut från restaurangen, mätt och belåten. Han visste att Henri skulle fixa det här åt honom. Han var alltid samarbetsvillig när ersättningen var tillräckligt hög.

Mattkantshorisont

KORRIDOREN VAR OÄNDLIG. Som den där frisersalongen nära Barbès med en hel spegelvägg längst in i lokalen så att den såg mycket större ut än den i själva verket var – fast tvärtom. För här, när man äntligen kommit till slutet av den gråblå mattvägen och avverkat alla rum till både höger och vänster, då hade man inte alls nått slutet. Det var bara en illvillig synvilla som fick en av slappna av och känna en flyktig ilning av hopp. För när man kört in städvagnen i hissen och tryckt sig en våning längre ner – då fortsatte korridoren. Samma gråblå heltäckningsmatta, samma mahognydörrar (fast det var naturligtvis faner), samma skyltar i borstat aluminium. Namnskyltar vid de stora kontorsrummen, de med kaffehörna eller sammanträdesbord, nummerskyltar vid de andra.

Inte nog med att varje delsträcka såg oöverstigligt lång ut när man låg i startblocken vid hissen – man visste dessutom att sträckan skulle tillryggaläggas åtskilliga gånger under kvällen. Och det faktum att man inte såg hela vägen på en och samma gång gjorde att man i sina mörkaste stunder föreställde sig den som ändlös, som om korridoren i själva verket inte befann sig i en fyrkantig och högst vinkelrät kontorsskrapa, utan i ett hus inspirerat av jorden själv, med runda former, runda hörn, där man kunde gå runt, runt i all evighet. Där mattkantshorisonten hela tiden förflyttades framåt efterhand som man avancerade.

Nedjma kände inte dem vars arbetsrum hon städade varje kväll, hon hade bara träffat på ett fåtal av dem. Men hon hade börjat känna till vars och ens egenheter och gjort sig en bild av kontorsinvånarna. Ganska snart hade nämligen en del av dem börjat lämna små meddelanden till henne. ”Låt mitt skrivbord vara ifred!” hade väl kanske inte varit skrivet i någon vidare vänlig ton, men det var ändå hennes favoritmeddelande, eftersom det befriade henne från åtminstone en skrivbordsyta. ”Vattna gärna min orkidé ojämna fredagar” var en typ av meddelande som hon kunde reta sig på. Hon gav i stället orkidén en skvätt vatten när hon kom ihåg det eller när hon tyckte det såg ut att behövas och det verkade fungera bra; sedan hon börjat här hade den blommat utan uppehåll.

”Töm endast papperskorgen vid veckans slut” hade en annan skrivit, och hon föreställde sig en tämligen oorganiserad man, på knä under sitt skrivbord med huvudet i papperskorgen, rotandes efter något viktigt dokument som han råkat slänga i förbifarten.

Sedan fanns det faktiskt också, märkligt nog, meddelanden som var riktade till henne personligen. ”Tack, min städfe, för underverket ni gjorde med min ingrodda lampskärm” hade det stått på ett A4-ark en kväll när hon kommit in på rum 718. Hon hade länge trott att det var en kvinna som använde rummet, för bakom muggen med pennorna och brevkniven stod ett foto av en solbränd man som höll armen om två lika solbrända och leende barn – en flicka i tioårsåldern med halvlångt hår och blått plastdiadem, en något yngre pojke med glest mellan framtänderna och lika blonda och ostyriga lockar som sin far.

Senare hade hon, genom de papper och meddelanden som

legat strödda på skrivbordet, förstått att kontorsrummet i självа verket var en mans, och dragit slutsatsen att det var mannen på fotot som tillbringade sina dagar här.

Meddelandet som han skrivit till henne med sin slängiga handstil hade gjort henne både glad och nedstämd på samma gång. Hon föreställde sig mannen som frånskild och tänkte att han någonstans saknade tiden då han haft en fe som gjorde underverk också därhemma.

Men det var långt ifrån alla kvällar som hon hade ork och inspiration att fantisera ihop historier. Som den här kvällen, då hon bara ville se slutet på korridoren så att hon kunde få ta metron hem och gå och lägga sig. Försökte ena stunden tänka på något annat, för att i nästa försöka tömma hjärnan helt på tankar för att orka tömma alla papperskorgar, damma alla bildskärmar, gnugga bort skrivbordens kletiga kaffecirklar, puffa upp alla besöksfåtöljernas kuddar, dammsuga alla kvadratmetrar.

Försökte tänka på Fathia och Momo för att få arbetet att gå lättare, för att genast avvisa dem helt ur sina funderingar eftersom det gjorde alltför ont att tänka på hur de just nu satt där ensamma, utlämnade åt sig själva och en diffust hotfull yttervärld, som bara hölls borta tack vare en tunn och bräcklig ytterdörr. Sådana tankar fick man inte tänka, det hade hon lärt sig. Då var risken alltför stor att hon bara släppte dammtrasan och gick därifrån.

När hon till slut kommit så långt att hon blivit färdig med toaletten på sjuan kände hon ändå att hon var tvungen att ta en paus. Åkte tre våningar ner för att hämta Caroline, en liten uppnäst tjej från norra Frankrike någonstans. Caroline hade sagt någon gång vad orten hon kom ifrån hette, men det hade inte sagt Nedjma någonting och hon hade inte lagt namnet på minnet.

Hon hittade Caroline i färd med att polera ett vitt sammanträdesbord.

– Vem fanken har hittat på att sätta vita bord i alla rum? klagade hon. Varför kunde dom inte valt bord som matchar dörrarna?

Hon fortsatte att ilsket gnugga bort tidningssvärta och märken av kulspetspennor som skenat iväg utanför anteckningsblocken.

– Kom så tar vi en kopp, föreslog Nedjma, och Caroline släppte omedelbart sin trasa bredvid den droppformade vasen med blå iris i.

– Vilket skitliv vi har, suckade Caroline, sedan hon öppnat ett av de få fönster som gick att få upp i det annars luftkonditionerade kontorshuset och blåst ut första puffen cigarettrök i den sena kvällsluften.

– Hur går det förresten med ditt lägenhetsletande?

Nedjma suckade och ryckte på axlarna.

– För du letar väl ...? Caroline tittade nästan argt på henne.

– Du vet, med min profil ... jag har ju försökt ... det tjänar ingenting till ...

– Nu blir jag arg, Nedjma! Vadå profil? Jag har ju själv berättat för dig hur jag stod i kö, hur jag ringde ner kommunkontoret, hur jag bombarderade borgmästaren med rekommenderade brev. Det tog tid, men ungarna och jag fick vår trea till slut. Du måste göra likadant. Tänk på dina barn, åtminstone.

– Så där kan du inte säga, Caroline. Du vet inget om mitt liv.

Ilskan över att inte bli förstådd vällde upp inom henne, liksom förtvivlan över avståndet som trots allt skilde dem åt. Ett till synes oöverstigligt avstånd, även om deras liv på ytan verkade snarlika. Hon hällde ut resten av kaffet i gallret under kaffemaskinen.

– Du vet inte hur det är, du förstår inte! Visst, du är ensamstående med två ungar precis som jag. Men du har fast jobb, Caroline, fast jobb. Och du är vit. Hör du det. Vit. Jag är arab. Du vet inget om hur det är.

Hon pekade ömsom på sig själv, ömsom på Caroline. Varje ord som kom ur hennes mun åkte allt högre upp på tonskalan.

– Herregud Nedjma, som du tar i! Nu är du faktiskt inte särskilt schyst. Vadå vit? Vi sitter väl i samma skit du och jag? Våra ungar äter väl samma jävla Lidl-pasta?

Men Nedjma hade redan gjort helt om och lämnat fikarummet.

Mobil och milkshake

ATT MAN BARA KAN HA så här skitttråkigt. Klockan är inte mer än halv åtta och på tv:n är det ett sådant där tävlingsprogram för idioter, med något jävla hjul i olika färger som snurrar och en snubbe som ser ut som om han svalt en citron när han bara vinner femhundra euro när han hade chansen att vinna tio gånger så mycket, och så drar de upp frun ur publiken och frågar vad de ska göra för pengarna och hon ser mest ut som om hon ville slå något hårt i huvudet på gubben innan hon till slut bräker fram att det alltid finns något hål att stoppa dem i.

Om jag bara haft en mobil så kunde jag åtminstone messat Mégane och Tiffany, men mamma säger att det har vi inte råd med, vi har bara råd med en, den som hon har, och så säger hon att de ungdomar hon känner som har mobil ändå bara använder dem för att skicka en massa dumheter och att ingen vet vem vi skulle få för oss att lämna ut våra nummer till. Hon är inte helt fel ute. Men att Momo har en egen telefon vet hon inte. Han har den i jackfickan och så stänger han alltid den innan han går in, för att han inte ska bli avslöjad om någon ringer honom. När mamma går till jobbet slår han på den igen och sedan ringer det nonstop. Ibland får jag låna den. Då messar jag Mégane och Tiffany. Men efter en stund brukar Momo tröttna, säger att han är trött på att ha sin mobil full med meningslöst tjejtrams. Som om hans egna sms skulle vara så himla briljanta. Men jag är ju å andra sidan bara tretton, som han tar alla chanser att påpeka. Inte minst när vi träffar någon av hans kompisar. "Du, akta dig, syrran är bara tretton, så du vet det" – så pinsamt det var när vi stötte ihop med Farid som jag alltid tyckt är så gullig. Det vet väl alla att jag är yngre än Momo och kommer att vara det resten av mitt liv, varför måste han påpeka det hela tiden?

Längst bak i min engelskbok har jag ritat ett pyttelitet F. Och runt det har jag gjort ett hjärta som är sammansatt av jättesmå blommor. Det är så litet så jag tror att det bara är jag som kan se det. Att Momo kollar i boken är ingen risk, han tittar knappt i sina egna. Och ingen i min klass vet vem Farid är. Tror jag i alla fall. Jag kommer aldrig glömma gången när Momo och jag träffade honom inne på stan en lördag och han skulle till McDo och vi som vanligt inte hade några pengar, inte till oss båda i alla fall. Ja, Momo hade väl några euro men jag hade ju ingenting. "Kom, jag bjuder din syrra", sa han bara och låtsades att han inte tittade på mig utan bara på Momo och så gick vi till McDo, där var skitfullt med folk och till och med några som jag känner men det låtsades jag inte om, och jag kände hur jag blev så där pinsamt generad när Farid frågade vad jag ville ha för milkshake, och innan jag hunnit svara sa han vanilj, jag tror du är en sådan som gillar vanilj va? Det känner jag på mig. Det är jag ju egentligen inte, om det nu finns någon vaniljtyp, men jag tyckte det var så gulligt sagt av honom, vanilj låter så sött och mjukt på något sätt, så fast att jag egentligen hellre velat ha jordgubb svarade jag ja. Ja, jag vill gärna ha vanilj, svarade jag, och jag vågade inte titta på honom för jag kände att jag var röd som en jordgubbe ända ut på öronen.

Sedan satt jag där och sög i mig min milkshake och tittade ner i bordet medan Momo och Farid pratade om en massa snubbar som jag inte känner, men det kändes fett exklusivt att sitta där med dem, hade egentligen aldrig hänt förr att jag varit ute med Momo och någon av hans kompisar så där.

När vi kom hem igen hade klockan redan hunnit bli halv sex och mamma gjorde världens scen för att hon inte vetat var vi varit, och Momo sa att om hon bara hade gett honom en telefon hade hon ju alltid kunnat ringa och kolla. Ja, han hade ju sin telefon i fickan, men det kunde ju inte hon veta. Och det blev ett himla liv, och mamma var upprörd över att Momo inte respekterade henne, sa hon, och vart drar du iväg med din syster, sa hon, och hon tänkte inte servera oss någon mat heller, för vi klarade oss ju ändå så himla bra utan henne. Men sedan lugnade hon ner sig efter en stund, och på kvällen värmde hon ravioli åt oss, och sedan åt vi chips och såg på Star Academy tillsammans. Momo och jag är alltid osams om kandidaterna, vi låtsas alltid bråka om vem som är bäst, jag tyckte Lucie var skitfräck, men Momo sa att hon kan ju inte sjunga, och mamma säger att det är synd att det är så trångt här så att man inte kan gå ut i köket och få lite lugn och ro. Men hon håller jämt på den skummaste kandidaten så det slutar alltid med att Momo och jag kritiserar henne i stället. Sedan blev det sådant liv nerifrån baren ett tag att vi var tvungna att skruva upp volymen på högsta, men då kom han idiotjäveln som har hotellet upp och hotade med att vräka oss om vi inte sänkte volymen. "Du kan börja med att sänka volymen på dina bargäster", svarade mamma och jag tyckte det var skitcoolt sagt, jag beundrar mamma för sådant, hon låter dem inte behandla hennes hur som helst. Fast sedan gick hon bort och sänkte ljudet i alla fall och efter en liten stund blev det tystare därnere, också för att en polisbil svängde in på gatan, någon hade väl ringt och klagat. Ja, inte var det vi. Gör vi det är det finito med oss, har mamma förklarat, och jag tror henne. Hon är rapp i käften, min mamma, men när det väl gäller har hon inte mycket att sätta emot.

Gud vilket liv det är utanför igen, måste vara något fyllo som slår armbågen i dörren eller något. De snubblar nästan varje kväll på den där lösa mattkanten när de ska på toa. Jag tycker inte om det, att man hör allting igenom, det är som om de nästan var här inne, och tänk om jag glömmer låsa dörren en kväll och så ramlar någon av dem mot dörrhandtaget och dörren går upp och någon snubbe ramlar in, vad gör jag då?

Nu har jag så tråkigt att jag snart tror jag slår upp engelskboken och kollar läxan. Momo sa att han inte skulle bli borta länge, men det var en hel timme sen. Jag kan inte se honom ute på gatan. Där står bara den där snubben som brukar stå där nästan varje kväll. Säljer hasch, enligt Momo, och han har koll på de flesta.

Momo brukar inte träffa sina kompisar vid hotellet, de brukar ses längre bort, närmare metron. Vill väl inte att gubben på baren ska se honom och rapportera till mamma. Fast det tror jag inte han skulle göra ändå. Han skiter väl i oss. Det sa han en gång, så både Momo och jag hörde. ”Jag skiter väl i dina horungar”, sa han till mamma när hon låg efter med hyran och han hotade slänga ut oss. Sedan var det visst någon som lånade mamma pengar, för vi fick stanna.

Det är det enda han bryr sig om, sina pengar. Som han tjänar massor av. Oss struntar han i. Så länge vi inte tar med någon upp. En gång försökte Momo ta med sig Cédric upp för att kolla nåt, inte vet jag vad det var, men då var gubben efter dem redan i trappan och gjorde klart för Momo att det inte gick för sig. Exakt vad han sa vet jag inte, men Momo har i alla fall aldrig mer försökt ta med någon av sina kompisar hem igen.

Jag önskar att jag också kunde gå ut på kvällen, men om mamma fick veta att jag inte var hemma skulle hon väl skicka mig till mormor på enkel biljett. Hon tror ju till och med att Momo sitter här bredvid mig på sängen och gör sin matteläxa varje kväll. Lilla, gulliga mamma.

Men på fredag kväll ska jag hem till Mégane och sova över. Det har mamma sagt ja till. Mamma tycker nog det ska bli skönt att få ha sängen för sig själv för en gångs skull. Det ska i alla fall bli skitkul att sova över hos Mégane. Hennes storebror har en massa dataspel som vi får spela, och sedan ska vi kolla film och kanske Tiffany kommer över också. Méganes mamma är jättesnäll, jag har varit där flera gånger, hon håller alltid på och lagar mat och Méganes pappa är också bra, en gång hjälpte han mig med matteläxan när jag inte fattade. Mégane har ett eget rum med en tvåvåningssäng, och jag ska få sova där uppe har hon lovat mig.

Hon gör jättegoda friterade bananer, Méganes mamma, med någon skitgod sås som jag inte riktigt vet vad det är i. Första gången var jag lite rädd för att smaka för jag visste inte vad det var, det var några gröna blad i, men det var supergott.

Nu börjar jag bli ashungrig, struntar nog i att Momo inte är hemma ännu, han får väl äta när han kommer. Och ibland har han förresten redan ätit.

Ska kolla i kastrullen ... liknar couscousgrönsaker, fast utan gryn till och ingen merguez ... kokar pasta i stället. För det går ju inte att laga båda med bara en platta. Fast då blir mamma arg, om jag inte äter det hon stått och lagat. Förresten är där bara pyttelite pastaskruvar kvar i kartongen. Det räcker ändå inte. Petar undan majrovan, den gillar jag inte, den kan Momo få, ha ha!

Finns det någon yoghurt? Varför försvinner alltid de med jordgubbssmak först hos oss? Kan ingen uppfinna åttapack jordgubbsyoghurt så att man slipper äta sig igenom persika och banan för att ha rätt till nya med jordgubb? Men mamma köper inga nya förrän vi ätit upp varenda en, och sedan låter hon det gå några dagar utan yoghurt innan hon köper nya igen. Hon tänker nog att hon sparar pengar på det viset. Stackars mamma. Jag ska inte ha det som hon när jag blir stor. Jag ska ha en riktig lägenhet, och mina barn ska ha egna rum och mamma ska få komma dit och bo också, så att hon slipper härifrån. Jag vet ju att hon skäms över hur vi har det, fast att hon aldrig säger nåt. Hon skäms över att jag aldrig kan ta med mig mina kompisar hem och så, och sedan är det ju det här med maten som hon hakat upp sig på. Att hon inte kan laga riktig mat till oss, säger hon. Jag tycker det mesta hon lagar är gott, det gör jag, men det hade varit för skönt om vi haft en dusch, så man kunde duscha på morgonen före skolan. Och så gillar jag inte att behöva sitta instängd så här och inte kunna gå ut för att mamma är rädd att något ska hända. Och jag gillar inte han idiotkungen där nere heller, han skriker och svär. Och så alla fullgubbarna som håller på här utanför. De är nästan värre. Kanske. Eller lika vidriga, fast på ett annat sätt.

Jag hoppas jag träffar någon som jag blir kär i som har mycket pengar så att vi kan flytta till en riktig lägenhet. Har man städjobb som mamma går det inte. Och då kommer hon ändå hem jättesent på kvällen, och hon är så trött så jag tror att hon suttit och sovit på metron, och ibland undrar jag om hon inte somnat så att hon missat vår station, det har hänt att hon varit extra sen några gånger, och jag tror hon gjort en tur till ändhållplatsen, fast det vill hon inte erkänna.

Tänk att ha pengar så att man kan köpa de kläder man vill ha och gå på bio, mamma har lovat mig en ny jacka, men jag vet att det är svårt för henne, och jag vet inte när det kommer att bli, den gamla är så kort i ärmarna, jag står och drar i dem hela tiden för att ingen ska se, men det ser klart fånigt ut när jag drar i ena ärmen och så i nästa och så åker den första upp på direkt igen.

En av mina lärare ville ge mig en av sina flickors gamla jackor men det ville jag inte, det skulle jag aldrig göra mot mamma och jag är väl inget socialfall heller …

Måste vara Momo som hörs i trappan nu. Vad jag ska skälla på honom för att han är så sen.

Parentes

OM JAG HADE TRE LÄGENHETER till, tänkte han. Tre stycken. Då skulle basen vara lagd. Basen för att gå vidare. Och pengarna börja komma in på allvar. Det är jag fan i mig värd, så som jag har jobbat för varenda jävla euro. Hade jag bott i USA hade jag varit som Bill Gates nu, jag har fan i mig mycket större potential än de där nerslitna lägenheterna som Henri snokar upp till mig.

Alain flinade för sig själv medan han körde genom motorvägsnatten. Endast ljuset från enstaka billyktor lyste upp mörkret, som hastigt förbidragande eldflugor. Som ett slags optiskt fenomen som inte berörde honom. Som fanns där som ett naturligt inslag.

De sena bilfärderna från Paris hem till förortsvillan var en parentes i Alains liv, en ren transportsträcka mellan hans två förankringsplatser i tillvaron, men just därför kanske den viktigaste stunden på hela dagen. Det var då han varken var businessmannen eller förortsmaken. Han var sig själv, om ens det. Kanske det egentligen var det allra bästa. Att slippa vara sig själv. Inte behöva fundera över vem man var, hur man var, varför, hur det kom sig, slippa stå till svars inför andra och försvara sin existens. Dessutom få vara ensam i den välgörande tystnaden och slippa konfronteras med alla dessa andra människors dåliga morgonhumör, obefintliga sexliv, PMS-symptom, p-böter, oanvändbara reainköp, skatteskulder, skilsmässor, taskiga studentbetyg, kassa inkomster och trasiga fläktremmar – allt det som de kräktes ur sig så fort de öppnade munnen. "Tjena, hur är läget?" och redan i tonfallet fanns den andres samlade livsfrustrationer, som han nu förberedde sig att spy ut över Alain. På samma sätt som man går och pissar för att lätta på trycket, tömde de ständigt och jämt sina kraschade förhoppningar över honom.

"Det var ett tag sen, vad har hänt sen sist?" och han visste genast att den andre skulle släppa lös de senaste månadernas tillkortakommanden.

"Värst vad du var sen då", kommenterade Sylvie och han kunde höra förebråelserna över deras tjugotvå år tillsammans, koncentrerade i en enda mening.

I bilen på natten slapp han konfronteras med alla dessa misslyckanden, och han slapp reagera på dem, slapp förlora kontrollen över sig själv och till sin egen förfäran känna hur alla de där frustrationerna slog an osynliga strängar hos honom själv, hur en till synes fullständigt neutral fras kunde få honom att gå i taket. Han gillade det inte, att förlora kontrollen. Och när han gjorde det blev han rasande på sig själv som hade sådan jäkla dålig koll. Som gick i spinn för ingenting.

I bilen kom de enda röster som punkterade tystnaden från bilradion, och på den kunde han ratta in en ny frekvens när han fick lust, byta ut ljusa röster mot mörka, upprörda tonfall mot smekande. Eller så kunde han helt enkelt stänga av radion och dess röster närhelst han behagade, till skillnad från alla de människor han mötte under dagen, och i synnerhet till skillnad från sin fru. I motsats till honom själv verkade hon inte ha någon som helst vittring. Hon nosade inte till sig en enda annalkande konflikt, gick i stället rakt framåt med förbundna ögon och så pang! slog hon inte an en av hans sköra strängar, nej hon drog över hela jävla själen på honom med ett hårt och raspigt plektrum. Att man bara kunde vara så okänslig som Sylvie, hon var fan i mig ett naturfenomen, tänkte han medan han sneglade i backspegeln för att se om det låg någon polisbil bakom eller om det var fritt fram att öka farten ytterligare. Kvinnlig intuition, vilken satans humbug. Det måste vara något käringarna hittat på för att över huvud taget ha något att komma med, ett desperat försök att få övertaget. Konstigt nog hade ingen avslöjat myten ännu, förutom han. Åtminstone hans fru saknade denna mytiska intuition, för hon misstolkade i princip varenda signal han sände ut.

Då var Julie betydligt mera lyhörd. Hon brås på mig, tänkte han nöjt och gasade på, pressade hastighetsmätaren ytterligare en bit uppåt och gled ljudlöst fram längs den blanksvarta asfaltsvägen, rakt in i natten. Som att glida in i en kvinna, funderade han. Köra rakt in i hennes mörka inre, bli omsluten, sugas in, känna värmen, hettan, det mjuka, styrkan ...

Han trampade ytterligare en aning på gasen. Körde så i tre, fyra minuter, en tyst tävlan med ljudets hastighet. Att de få bilar han mötte ilsket blinkade för att han skulle slå av helljuset brydde han sig inte om, inte fan kan man tänka på helljuset när man håller på att spränga ljudvallen, köra rakt genom livet självt.

Så saktade han farten, fast mjukt, nästan smekande, ville inte pressa motorn i onödan. Satte ut höger blinker, bytte fil, tog avfarten in mot nästa plats av det som var hans liv och där hans vilsamma parentes åter skulle slutas, för den här gången.

Jag ska be Adam ta en titt på lägenheten så snart affären är klar, funderade han. Han kan måla över det värsta på ett par dagar. Sedan hyr jag ut den till några illegala svartjobbare. Ju fler de är desto mer hyra kan jag plocka ut. Å andra sidan, ensamstående karlar kan bli lika med fruntimmer, fylla, bråk. En familj är lugnare. Fast med småungar i lägenheten är det lätt hänt att socialen blir inblandad. Och är det tonåringar blir det alltid strul på ett eller annat vis. Tonåringar utgjorde alltid ett potentiellt bekymmer, det visste han. Undantaget var förstås hans egen Julie, hans ögonsten. Undantaget som bekräftade universums alla jävla regler.

Han suckade. Den ideale hyresgästen fanns inte. En sådan som höll tyst, inte drog till sig omgivningens blickar, inte kontaktade myndigheterna, aldrig klagade och betalade hyran i tid. Världen var och förblev en plats fylld av ofullständigheter och skavanker.

Han svängde in på sin egen villagata, där den låg sänkt i sin välansade och drömlösa dvala. Ett ögonblick hade han lust att bara glida upp mot trottoarkanten, slå av motorn, luta sätet bakåt så långt det gick och somna. Somna där, i sin egen skyddande lilla bubbla. Hålla världen utanför, utan möjlighet att ta sig in. Vid första fientliga angrepp vrida om nyckeln och köra därifrån.

Han lät motorn gå medan han öppnade bildörren och gick ut för att låsa upp garageporten. Men som så ofta hade han glömt låsa den när han körde hemifrån på morgonen.

Så måttade han och körde in bilen i det trånga garaget. Fristen var slut. Hans verkliga liv sparkade igång igen.

Träskkungen

– ATT BO ELLER INTE BO, det är inte frågan. Att bo är en nödvändighet. Och en värdig bostad en mänsklig rättighet!

Ett trettiotal personer applåderade kvinnan som ställt sig på en uppochnedvänd trälåda som hon troligen hämtat borta på marknaden.

– Vi kräver sunda lägenheter till oss och våra barn! Vi kräver riktiga, lagliga hyreskontrakt!

Nyfikna stannade till och fick skaran av åhörare att sakta växa. Nedjma, som gått ner mot metrostationen när hon hört röster därifrån, hade satt ner kassen med grönsakerna och ställt sig i utkanten av den lilla folksamlingen, precis som de tre poliser som höll ett diskret öga på gruppen.

Kvinnan som talade såg ut ungefär som hon själv, tänkte Nedjma. En kvinna i trettiofemårsåldern med hennafärgat hår och mörka ringar runt ögonen, men med en ovanligt pigg och intensiv blick trots den synbara sömnbristen, som inte förvånade någon i de här kvarteren. Den ovanligt klargröna jackan gjorde sig bra till det mörkröda håret och lyste upp hennes ansikte.

En man i femtioårsåldern kom fram och stack ett papper i handen på Nedjma.

– Bor du i närheten?

– Ja, jo ...

Hon tvekade, gjorde en svävande gest in mot husen. Hon var inte van att anförtro sig åt människor hon inte kände.

– Vi är en fristående grupp som arbetar för att förbättra bostadssituationen i den här delen av stan. Som du kanske vet är det fortfarande många här omkring som bor i helt undermåliga lägenheter. Många barn växer upp i ockuperade hus som i värsta fall är rent livsfarliga. Andra familjer betalar ockerhyror för minimala hotellrum, föräldrar riskerar att deras barn drabbas av blyförgiftning eftersom lägenheterna inte renoverats på decennier, många lever under permanenta vräkningshot ... Du kanske själv känner nån i den situationen?

Nedjma kände att hon rodnade. Hon förbannade sig själv över att hon skämdes. Men skammen hade nu fått fäste i henne en gång för alla och var hennes ständiga följeslagare.

Mannen var tydligen van vid att läsa av människors reaktioner.

– Följ med oss och ta en kopp kaffe när mötet är över så kan vi prata mer, sa han och försvann med en gest upp mot ett kafé på hörnet.

”Logement pour tous – maintenant”, ”Bostad för alla – nu” stod det överst på flygbladet hon fått. Och sedan en hel rad med krav som ställdes av gruppen som tydligen kallade sig för ”Frihet, jämlikhet, bostad”.

Nedjma stod kvar och lyssnade på kvinnan. Både med igenkänning och stigande förvåning. Allt hon sa kände hon ju så väl igen, det var inga som helst nyheter för henne. Ändå skulle det aldrig ha fallit henne in att ställa sig på en potatislåda och skrika ut sina krav. Det var länge sedan hon krävt något över huvud taget.

När kvinnan efter en stund hoppade ner från sin improviserade talarstol lyfte Nedjma upp kassen med paprika och aubergine. Hon skulle precis ge sig iväg hemåt när någon klappade henne lätt på axeln.

– Hej, jag heter Aïcha. Det var dig som Laurent pratade med, va?

Kvinnan i den gröna jackan log ett så rakt och ärligt leende att Nedjma bara kunde nicka. Hon förstod ju att Laurent måste vara den medelålders mannen som gett henne flygbladet.

– Om du har tid kan du väl följa med oss bort till Lune Bleue? Vi är några som ska träffas och diskutera igenom månadens arbete, och så passar vi på att presentera oss för nya intresserade.

– Jag heter Nedjma, sa Nedjma och sträckte fram handen.

Det var en brokig skara på ett tjugotal personer som samlats i det inre rummet på kafé Blå månen strax före lunch. Aïcha var något av gruppens frontfigur, även om det snart stod klart för Nedjma att hon vägrade ta på sig den officiella ledarrollen. Laurent visade sig vara en arbetslös byggnadsarbetare, som förlorat både jobb, fru och lägenhet för snart tre år sedan, och som sedan dess sov där han kunde.

Här fanns några kvinnor som tagit med sig sina små barn, ett par ungdomar som flyttat till Paris för sina studier, två pensionärer, några unga par. Somliga hade det ungefär som Nedjma, andra hade lyckats ta sig vidare men fortsatte att arbeta i gruppen ändå. En del, som två äldre damer, hade aldrig haft bostadsproblem i hela sitt liv, men var engagerade för att deras samvete inte gav dem något alternativ, förklarade de.

De sköt samman de kvadratiska kaféborden i det ganska dunkla rummet, och snart satt de alla kring ett och samma långbord. Det var uppenbart att gruppen brukade träffas här, mannen bakom bardisken hälsade glatt när de kom och småpratade med flera av dem medan han serverade kaffet.

När alla hade hunnit prata av sig tog Aïcha till orda, presenterade Nedjma för de andra och uppmanade henne att säga några ord. De andra nickade igenkännande när hon i korta drag berättade om sin och barnens situation.

– Mm, det där hotellet känner vi väl till, sa en liten, satt kvinna medan hon ammade sin pojke. Där har vi haft flera fall.

– I ett fall lyckades vi faktiskt ordna en trea uppe vid Montmartre-kyrkogården åt en familj.

– Och i dom andra fallen då? undrade Nedjma.

– En del av dom har vi förlorat kontakten med, svarade Aïcha något undvikande.

Efter nästan en timme, då Nedjma fått mer förklarat för sig om bostadslagar och rättigheter än någonsin tidigare, stod hon ute på gatan igen.

– Då ses vi på lördag då! ropade Aïcha efter henne.

– På lördag, svarade Nedjma något tystare, och undrade för sig själv vad hon gett sig in på.

Samtidigt kände hon nästan en glädje inom sig när hon fortsatte i riktning mot hotellet. Hon var inte längre förlorad i likgiltighetens ocean. Hon och hennes liv fanns utsatt på kartan, för första gången på mycket, mycket länge.

Verkligheten slog emot henne som en unken utandning när hon steg in genom dörren till den kombinerade baren och receptionen, där monsieur Arnaud för ovanlighetens skull stod, fast att det var lördag. Normalt sett hade han avlösare som jobbade där på helgerna.

– Nu får du jävlar i mig hålla lite pli på dina ungar, Nedjma.

Det är inte första gången jag säger till, men den här gången förde dom ett sånt förbannat liv däruppe så jag trodde att dom skulle riva kåken. Hade kanske varit bättre om du var hemma hos dom lite i stället?

– Jag har varit ute och handlat ...

Hon förebrådde sig själv över att hon känt sig tvungen att redogöra för vad hon gjort.

– Jo, men fan vet vad du sysslar med på kvällarna. Aldrig hemma. Du kanske ska vara glad över att jag är så diskret ...

Och så flinade monsieur Arnaud mot Rachid, som halvlåg på disken bredvid öltappen som vanligt.

Hon trodde inte sina öron.

– Vad är det du står här och påstår?!

Hon gjorde vad hon kunde för att spänna ögonen i honom. Inte vika, tänkte hon, inte vika. Inte vika nu. Gör jag det, är jag förlorad.

– Ja, det vet inte jag vad du har för jobb på kvällen, du påstår ju själv att du städar, vad vet jag. I dom fina kvarteren, dessutom. Dom har kanske behov av lite utökad service därborta?

Monsieur Arnaud såg så självgod ut när han klämt ur sig sitt smaklösa skämt att hon fick behärska sig till sitt yttersta för att inte hoppa över bardisken och klösa ögonen ur honom.

Den något högljudda diskussionen hade lockat till sig ytterligare några bargäster som med sina ölglas i händerna långsamt närmade sig händelsernas centrum. Alla med samma outhärdliga flin på läpparna. Likt en vargflock som närmar sig sitt offer. Långsamt, därför att de så väl vet att de kommer att lyckas slita henne i bitar till slut och därför inte har det minsta bråttom.

– Jag har ingen skyldighet att stå här och redogöra för mitt liv. Du vet lika väl som jag att jag städar kontor. Kom inte här och försök göra dig lustig på min bekostnad.

– Så, så, nu ska lilla damen inte brusa upp, sa en av männen som hon trodde hette Jacques, samtidigt som han tog henne lätt i armen. Hon vred sig snabbt loss.

– Kanske du borde hålla lite bättre koll på dina ungar, fortsatte monsieur Arnaud lugnt, som om hennes kommentar inte berört honom det minsta. Att lämna två tonåringar ensamma varenda kväll är inte vidare lämpligt. Men ja, ja, var och en har sitt sätt att ta hand om sina barn.

Hon visste att hon borde sluta nu. Vända monsieur Arnaud och hans vargflock ryggen och gå uppför trappan till rummet där barnen satt och väntade på att de skulle äta lunch. Samtidigt hade han lyckats slå an hennes absolut känsligaste sträng.

– Jag gör vad jag kan för mina barn. Jag gör allt jag kan. Ingen ska komma och påstå nåt annat. Inte ens du.

Han log. Det där obehagliga leendet som var kännetecknet på att han var ointaglig.

– Själv köpte jag en bil till min dotter på hennes födelsedag häromveckan. En svart Golf.

Hon såg att han tittade på sina åhörare för att se om kommentaren skulle ha någon effekt.

– Så att hon kommer säkert hem på kvällarna. Inte är ute och ränner som så många andra i hennes ålder. Jag är rädd om min dotter, jag.

– Det är väl tack vare alla pengar som jag och alla andra i det här huset betalar dig som du kan köpa bilar! vräkte hon ur sig och rusade uppför trappan så att ingen skulle se hennes ilsketårar.

Den glädjen unnade hon honom inte.

– Du vill inte ha en kopp kaffe? ropade han efter henne med alltför dåligt påklistrad vänlighet, och hon hörde hur hans beundrarskara runt bardisken lade av ett rungande skratt.

”Du ska få se. Snart är det du eller jag. Du eller jag. Du ska få se vem som vinner”, tänkte hon sammanbitet.

– Vilken jävla fitta!

Jacques skrattade så att till och med ett par tårar rann utför hans fårade kinder.

– Skål för henne! svarade mannen bredvid och tömde ölglaset i ett enda svep.

Alain Arnaud flinade tyst för sig själv. Som vanligt hade han vunnit. Vunnit över den där jävla städkärringen som försökte se ut som om det var hon som förde befälet varje gång hon kom för att betala hyran. Hennes attityd var nästan rörande, tänkte han upprymt. De visste ju båda två att hon var fullständigt beroende av honom.

Sådana som hon fick honom aldrig att känna medlidande, bara förakt. Om hon var tvungen att städa på nätterna var det väl hennes eget fel. Själv hade han fan ta mig inte haft några strålande framtidsutsikter när han var grabb, med sin alkoholiserade farsa och deprimerade morsa. Men det hade blivit folk av honom i alla fall. Han hade gjort folk av sig alldeles på egen hand. Tagit ödet i egna händer. Bestämt sig för att inte lita på någon annan än sig själv. Och inte heller ge efter för alla vampyrer som försökte dra nytta av hans framgångar, som försökte suga i sig en skvätt av hans välstånd.

Städkärringen kunde ju ha stannat kvar hos sin karl. Om hon nu tvunget skulle ut och frigöra sig och leva ensam fick hon för fan stå sitt kast. I stället var det hennes båda snorungar som fick betala priset. Tänk att man kunde låta sina barn bo i ett sådant jävla råtthål som det här hotellet. Att det finns sådana stackars satar som gör det. Hur det skulle gå för ungarna kunde man ju räkna ut med lillfingret. Vad Momo sysslade med om kvällarna när hans mamma inte var där, var inte svårt att begripa. Det var bara att se sig omkring. Och flickan, ja flickan ... söt var hon, det måste han medge. Om ett par år skulle det nog börja springas här.

Han tittade på sina fem kunder, stamgäster allihop. En samling fattiga satar, de också. Halv- eller helalkoholiserade hela bunten, mer eller mindre utan arbete. Men här var han i alla fall kung. Det här var Alain Arnauds kungarike, må vara slitet och ytterst dåligt underhållet.

Dessutom var undersåtarnas lojalitet obrottslig. Sådant är värt mycket.

– Skål för henne! Jag bjuder laget runt!

Uppmuntrande tillrop hördes från andra sidan disken.

Arnauds kungarike var ett nerslitet hotell i ett av Paris fattigaste kvarter. Ett hotell i så dåligt skick att det inte sett en enda turist på flera decennier. Vilket också varit hans lyckokast. Det var just därför han hade kunnat få det så billigt. Med Henris hjälp också, det måste medges. Att det handlat om en utdragen arvstvist med arvtagare bosatta långt ifrån Paris hade bara gjort förutsättningarna för en god affär ännu bättre.

Kundunderlaget gjorde även all yttre och inre renovering helt överflödig. Råttorna sökte sig hit i alla fall. Alla dessa luggslitna och utvakade existenser som inte hade vett att inse att spelet var över för deras del. Som av en ren reflex fortsatte att springa runt i ekorrhjulet, fattigare och fattigare, sjukare och sjukare, fulare och fulare.

Alla dessa arbetslösa, halvtidsarbetande, illegala invandrare, ensamstående mödrar, lågavlönade och allmänt otursförföljda människor, som sedan han tog över hotellet sökt sig dit för att för en rundlig och delvis svart betalning få tak över huvudet. Att ingen någonsin klagade sa sig självt. De visste att det skulle innebära omedelbar vräkning och att de inte hade någonting att sätta emot. Att en del av dem dessutom tagit kostsamma lån direkt av honom själv gjorde dem ännu mindre upprorsbenägna.

Han befann sig allra längst ner i träsket. Men hans plats i träsket var oantastlig. Här var det han som styrde. Här var han kung. Kung över råttorna. Och han tänkte utvidga sitt kungarike till ett verkligt imperium.

Nån som Nabil

– TÄNK OM MAN HAFT EN SEGELBÅT, fy fan vad häftigt det hade varit! Slappa på däck, segla över till Korsika, snorkla lite, sen till Grekland …

– Farid, skärp dig, du kan väl inte segla? Och hur skulle du kunna segla till Korsika? Det ligger i Medelhavet, grabben! Sov du när ni hade geografi på lågstadiet, eller? Fast du kanske hade tänkt köpa en sån där kanalbåt, som du kan tuffa ner till havet med?

Momo skrattade och duckade för Farids låtsat hårda örfil, samtidigt som han med ett trefingergrepp tog upp en bunt halvslaka pommes frites som han stoppade i munnen efter att ha doppat dem i en blandning av ketchup och majonnäs.

– Är det förbjudet att drömma? Till skillnad från dig har jag kanske mål här i livet, sa Farid och spände ut bröstkorgen samtidigt som han satte näsan i vädret.

Och Momo måste skratta en gång till, för nu såg Farid precis ut som deras dödsallvarlige mattelärare, monsieur Marvan, för vilken inget tal var för litet eller betydelselöst, och som ständigt predikade vikten av att fokusera på en avlägsen punkt i framtiden. Som om livet var en sådan där rak tallinje, brukade Momo tänka då. Han eget liv kändes mer som en olöst ekvation, tyckte han. Fast det sa han inte högt, det kändes som om monsieur Marvan skulle tro att han drev med honom. Och det var kanske inte helt osant.

– Jag kan väl lära mig segla – eller tror du att jag är för dum för det? fortsatte Farid entusiastiskt. Medge att det verkar grymt läckert att glida fram på havet, hänga över relingen och bara hålla sig fast i några tampar. Och tänk på alla brudar man kunde plocka ombord när man lagt till i nån schyst hamn. Och så kunde man sitta där på kvällarna och grilla, spela musik ...

– Segling ... en sån jävla snobbsport. Kan du inte försöka skramla ihop pengar till en moppe först? undrade Momo med ett nytt flin och de skrattade båda två.

– Du Nabil, kan vi inte få lite mer pommes, snälla? Det var fisk med spenat i skolan ...

Momo lade huvudet på sned och tittade bedjande på mannen bakom disken.

– Om det fortsätter så här får ni snart börja diska för att betala alla extraportioner, svarade den medelålders mannen godmodigt, samtidigt som han hällde upp nyfriterad potatis i en liten plastask och räckte över till Momo som rest sig till hälften och sträckt ut sin arm.

– Här är väl ingenting att diska heller, du kör ju med engångsgrejer! utbrast Farid för att i nästa ögonblick le åt mannen, som själv spruckit upp i ett stort leende.

– Då får jag väl hitta på nåt annat jobb åt er, innan ni äter mig ur huset ...

– Vi jobbar ju redan åt dig – som levande reklampelare: Så här snygg blir du när du äter pommes hos Nabil, den libanesiske kebabkungen från Turkiet – enda stället i stan där du får merguez och banan på samma pizza, deklamerade Momo som ställt sig upp och låtsades spänna musklerna.

– Du, din framtid finns i alla fall inte i reklambranschen, mannen, avgjorde Farid.

Nabil skakade roat på huvudet medan han vände sig om för att ta upp en beställning från en ny kund som precis kommit in genom dörren till den kombinerade pizzerian och kebabrestaurangen.

När de hade pengar över och inte gick till McDo bakom Tati var det hit Momo och Farid brukade gå. Nabils pommes frites var ibland lite väl mjuka och inte alltid helt genomfriterade, men å andra sidan var maten billigare och portionerna mycket generösa. Dessutom kunde man improvisera menyn efter eget huvud om man kände för det, och alla såser ingick så att säga i priset. Det var bara att ta för sig av flaskorna och burkarna med majonnäs, harissa och allt annat som stod framme på plastborden, som Nabil gick över med en blöt trasa i gästbytena.

Inte världens bästa ställe om man ville kolla in tjejer kanske, men å andra sidan var det inte särskilt många som var ute så här mitt i veckan. Och Nabil var en klippa. Momo hade aldrig kommit hit utan att Nabil själv stått bakom disken. Aldrig att han gått förbi utan att det varit öppet heller. Undrar om han sover bakom disken också, tänkte Momo, och såg framför sig Nabils allt kalare hjässa och frityrblanka ansikte sticka upp ur en mörkblå sovsäck, och kunde inte låta bli att tänka att en sådan skulle man haft till farsa. Någon som alltid fanns till hands.

Inte så att han någon gång ens tänkt tanken att försöka tutta ihop sin egen mamma med Nabil. Och inte bara på grund av att hans mamma skulle ha blivit milt sagt upprörd om hon fått veta att han satt här en vanlig torsdagskväll och gjorde av med pengar i stället för att göra sina läxor. Nej, det var egentligen mer själva Nabil-typen han var ute efter, och mer för egen del än för sin mammas. Samtidigt visste han ju att han logiskt sett aldrig skulle få någon annan farsa än den han haft, eller som han väl för all del hade någonstans, i den meningen att han fortfarande existerade.

Sedan den där dagen då de hade gett sig iväg med mamma hade de inte träffat honom. Den där eftermiddagen när Meriem plötsligt bara försvunnit och sedan kommit tillbaka och bett dem ta på sig jackorna och följa med henne för att mamma väntade på dem någon annanstans, och de hade fått åka både buss och pendeltåg och han hade undrat vad som hade hänt. Han förstod ju att det var något, något allvarligt, för en sådan där grej hade de aldrig varit med om förut, men han hade känt att det inte var läge att fråga eftersom Meriem inte sa någonting, och han tänkte att de kanske skulle till ett bårhus, att mamma blivit överkörd i rondellen och låg i en sådan där avlång frysbox som de drar ut när familjen ska identifiera en och det hänger en namnlapp runt stortån, och hur han sedan nästan blivit rädd för mamma när de kommit fram och hon inte var död men hade stora mörkröda märken i hela ansiktet och tussar av gasbinda fasttejpade både i pannan och över näsan, och han inte kände igen hennes blick i de nästan igensvullna ögonen.

Sedan den dagen hade han inte träffat sin pappa eller hört av honom, och han ville aldrig mer se honom eller höra talas om honom. Någon gång hade han och Fathia pratat om honom, lite trevande, ett par meningar kanske. Men inte mamma. Hon betedde sig som om han vore död. Och det var han ju också. Hamid kanske levde någonstans, men Momos pappa var död. Och livet kändes plötsligt så orättvist när han såg Nabil stjälpa upp pommes och hyvla ner kebabkött med samma imponerande hastighet som alltid. Och ett kort ögonblick kände han sig ursinnig på sin mamma, som gett honom ett riktigt as till farsa.

– Momo, hänger du med bort och spelar på Cyberbaren? Momo, hallå?

Farid viftade med ena handflatan framför hans ansikte.

– Va? Nej, jag måste nog hem, vad är klockan? Shit, är den redan nio. Jag lovade syrran att vara tillbaka för en timme sen… Du vet, mamma gillar inte att hon är ensam hemma.

– Det är lugnt, kompis.

De sa hej då till Nabil som vinkade glatt med stekspaden samtidigt som han stod och försökte bända upp locket på en stor plåtkagge med inlagda peperoni.

En tom Colaburk låg slängd i rännstenen, Momo råkade stöta till den med foten. Han sparkade en gång till, siktade den här gången, tog sats och prickade den gröna stolpen till en papperskorg längre ner på gatan.

– Jag satsar nog hellre på att bli fotbollsproffs än seglare, sa Momo till Farid sedan han gjort segergesten med bägge armarna rakt upp i luften.

Så sa de hej då till varandra och Farid svängde om hörnet medan Momo fortsatte gatan fram, med den alltmer buckliga tomburken som enda sällskap.

– Tjena Momo, läget? Tränar du för landslaget, eller?

Momo tittade upp, följde den lätt retsamma men ändå vänliga rösten in bland skuggorna. När han såg Sami stå lutad mot en husvägg sparkade han generat iväg burken mot en port en bit längre ner.

– Hej, Sami. Har hängt med Farid, bara.

Sami var några år äldre än Momo. Han uppskattade Sami för att han på något sätt intresserade sig för Momo som person, som någon form av jämlike, även om han aldrig kunde låta bli att markera deras skillnad i ålder respektive livserfarenhet. Som om han hade något slags självpåtaget ansvar för honom och gärna påpekade det.

– Hur är det med familjen då?

Momo ryckte på axlarna.

– Som vanligt. Morsan jobbar varenda kväll, och syrran är det väl också bra med.

– Och gubbfan nere på hotellet? Han trackar er inte hela tiden, då?

– Jo, han är jävligt obehaglig, men det vet ju alla. Och det är ett riktigt sunkgäng han har där på baren. Men vad fan, vi kommer aldrig därifrån. Det är bara att vänja sig, svarade Momo och höjde ögonbrynen som för att markera att han accepterat sitt öde.

– Säg inte så, Momo, du är ju snart vuxen och kan börja tjäna stålar på riktigt. Och då pratar jag stora pengar. Du är en smart grabb, för såna som dig finns det alltid möjligheter, det vet du.

Momo ryckte på axlarna igen. Han anade vart Sami ville föra samtalet, och just därför kände han att det var läge att avbryta det. För hur mycket han än uppskattade Sami, och hur smickrande det än var att på något obegripligt vis ha blivit upptagen i Samis krets, även om det bara var i den yttre periferin, kände han instinktivt att han borde hålla en viss distans till honom. En distans som inte var helt lätt att upprätthålla.

– Du, jag måste nog kila. Vi ses.

Sami stod kvar, som en orörlig, djupsvart skugga i allt det mörka, medan Momo fortsatte hemåt. Kvart över nio redan, Fathia är nog skitsur, tänkte han. Hoppas att hon i alla fall har ätit. Det har hon nog, hon är alltid hungrig, tänkte han sedan och log för sig själv.

Han såg hotellet och såg också hur det lyste mellan spjälorna i fönsterluckorna en trappa upp, i fönstret ovanför soptunnorna. Han skyndade på stegen. Av någon anledning gjorde han alltid det när han väl såg hotellet, hotellet där han helst ville slippa sätta sin fot men som ändå var den enda plats de hade, och där hans lillasyster just nu satt och väntade på honom.

Säg inget till mamma

HON SATT UPPKRUPEN på sängen med knäna under hakan. Ögonen blanka och stora, tv-rutan svart.

Redan när han öppnade dörren förstod han att något inte var som det skulle.

– Var har du varit, Momo? Klockan är över nio.

Hon sa det inte anklagande, snarare vädjande. Momo sparkade av sig gymnastikskorna och gick bort till henne.

– Vad är det, lilla syster? Har du gråtit?

Han satte sig ner bredvid henne.

– Var har du varit? var allt hon fick ur sig.

Han förstod att hon inte skulle börja prata direkt och därför bestämde han sig för att ge henne lite andrum så att hon skulle hinna formulera sig.

Han gick bort till kylskåpet, hällde upp ett glas kall mjölk och började prata med ryggen vänd mot henne.

– Jag var och hjälpte till nere på Arthur's, Berry messade mig, dom hade fått in en massa varor som dom behövde få inburna på lagret. Och sen gick jag en sväng med Farid, vi gick bort till Nabils och snackade ett tag. Sen skulle han till Cyberbaren, men då gick jag hem. Nu tror dom andra bergis att jag inte vågar utmana dom längre. Du skulle se Sullivan när han kommer igång, han är grym, han vinner nästan jämt, fortsatte Momo och gav ifrån sig ett lätt konstlat skratt.

Han gick de få stegen bort till kokplattan som stod på ett före detta nattduksbord. Lyfte på kastrullocket.

– Har du inte ätit?

– Jag är inte hungrig.

Han satte plattan på mellanläget för att värma de tomatsåsfärgade spaghettitrådarna som ringlade sig runt varandra nere på botten.

– Berätta nu vad det är, lilla syster.

Och han satte sig på sängen med armen om hennes axlar.

– Varför var du inte här? Mamma har ju sagt att du inte ska gå ut. Att du ska stanna här hos mig. Att hon inte vill att du springer ute.

– Fathia, sötnos, jag måste ju få in lite stålar, det förstår du väl. Och jag kom ju.

Han slog ut med armarna för att understryka sin närvaro.

– Och förresten, vad skulle kunna hända dig här?

Det var när han sa det som han insåg att det var precis vad hon stod i begrepp att försöka förklara för honom. Och plötsligt blev han riktigt rädd.

Hon tittade ner på sina fötter, sedan bort mot dörren. Undvek honom med blicken.

– Jo, klockan var nog åtta eller nåt. Jag hade tänkt äta. Men så blev jag kissnödig. Jag ville gå på toa först. Så jag gick ut. Det tog bara nån minut …

Hon tittade upp på sin bror, som om hon sökte stöd. Så vände hon åter huvudet mot ett annat håll, den här gången fixerade hon garderoben med blicken.

– Jag hörde ingenting. Jag hörde inte att nån kom i trappan. Jag svär.

– Jag tror dig, jag tror dig, svarade Momo och undrade med stigande oro varför hon så envist poängterade just det.

– Men när jag kom ut från toaletten, då …

– Fathia, vad hände?

Momo tog henne om båda axlarna och tvingade henne att titta honom i ögonen.

– Fathia, var det nån där?

– Du, Momo, bli inte så arg!

Hon slingrade sig vresigt ur hans grepp. Han förbannade sig själv, för han insåg ju att vad som än hänt så var det hans fel.

– Förlåt. Berätta nu, sa han och ansträngde sig för att göra rösten så mjuk som möjligt.

– När jag kom ut, när jag skulle gå över till oss, stod det en gubbe där. Nån gubbe från baren. Jag trodde han ville gå på toa, så jag försökte ta mig förbi honom. Men då …

– Vad gjorde han?

Momo kände att han knappt fick fram orden. Helst ville han bara stänga av och gå ut igen, för att slippa höra. Men han visste ju att han måste. Måste lyssna.

– Han … han flinade. Och så ställde han sig i vägen. Så jag försökte gå förbi på andra sidan, men då tog han ett steg åt andra hållet och höll ut armarna. Så här.

Hon sträckte ut sina båda armar, likt en uppgiven skolpolis.

– Ja och sen, sen sa han nåt om att jag var söt, och sen försökte han …

– Tog han i dig?

– Han försökte. Då pressade jag mig förbi honom och sprang in och slog igen dörren.

– Försökte han komma efter?

– Nej. Jag bara hörde hur han skrattade. Sen gick han ner igen.

Momo visste mycket väl hur orolig mamma var när hon lämnade dem ensamma för att åka till jobbet. Ibland tyckte han att hon var överdrivet fånig. Han behövde väl inte nödvändigtvis bli knarklangare bara för att han träffade sina kompisar ute efter åtta på kvällen? Fathia behövde väl inte tvunget bli överfallen bara för att han gick ut ett slag? Och så insåg han med ens att mamma åtminstone delvis hade rätt. Om någon bar skuld till det som hänt så var det han.

– Fathia, mamma har ju sagt att du inte ska gå ut! skrek han argt och blängde på henne.

– Jamen, jag måste väl få gå på toa! Förresten är det väl inte mitt fel, hade du varit här hade det aldrig hänt! svarade hon upprört.

Han valde att inte svara på hennes anklagelse, han visste ju att hon hade rätt.

– Hur såg han ut?

– Vet inte riktigt. Halvlångt hår, skinnjacka ...

– Vänta här, jag går ner och ser om han är kvar. Är han det ska han få på käften, den jäveln.

Momo var redan på väg mot dörren. Det kändes skönt att kunna göra något, reagera och på så vis stilla sitt dåliga samvete en aning.

– Är du inte riktigt klok, Momo? Om du gör det kommer Alain att berätta det för mamma, det kan du vara säker på. Han kanske till och med slänger ut oss. Du vet att han inte gillar bråk.

Återigen tvingades han inse att hans lillasyster hade rätt. Hon tänkte ofta betydligt mer logiskt än han själv. Ibland kunde han beundra sin syster, det kunde han, även om han aldrig sagt det till henne. Hon liknade mamma.

– Har det hänt nåt sånt här förut, Fathia?

Hon ryckte på axlarna.

– Inte egentligen ...

– Vad menar du?

– Ja, det är ju aldrig nån som har tafsat och så. Men dom glor, dom glor så fort man går igenom baren.

– Varför har du aldrig sagt nåt?

– Och?

Hon tittade förebrående på honom. Hon hade rätt igen. Vad skulle det ha tjänat till?

– Vad gör vi då?

– Vi säger inget till mamma, avgjorde Fathia.

De åt spaghettin under tystnad. Momo tog också lite, även om han inte var det minsta hungrig. Efter ungefär halva tallriken reste han sig och gick bort och satte på tv:n för att få lite ljud i rummet. Fathia sa inte emot.

De hade redan dragit igen fönsterluckorna, tagit fram Momos madrass och släckt ljuset när Nedjma satte nyckeln i låset. Momo försökte andas det tyngsta han kunde, Fathia slöt ögonen och hörde hur mamma försiktigt smög bort mot tvättstället. Hon kände att hon var nära att börja gråta och bet sig i läppen det hårdaste hon kunde och vände ansiktet in mot väggen.

Långt efter att mamma somnat låg hon vaken. Och hon var säker på att Momo inte heller sov.

***

– Jag lovar dig, Mégane, värsta snuskgubben, med sånt där halvlångt, fett hår … ölmage … En riktig sunkgubbe …

– Fy, vad äckligt! Vad sa han då?

– Han kallade mig raring, sa att jag var söt och att jag såg ut som om jag ville bli smekt …

– Herregud, Fathia, det där låter ju helt sjukt! Har du berättat för Tiffanie?

– Och sen … sen tog han mig på brösten. Med båda händerna. Så här.

– Vad sa din mamma?

– Jag har inte berättat för henne. Men när jag kom loss och klämde mig förbi gubben la han handen på låret på mig, här uppe. Det var skitäckligt.

– Du, säg inget till din mamma. Det skulle inte jag göra om jag var du.

– Nä. Jag tänker inte säga nåt.

Jackan

– KOLLA PRECIS I BÖRJAN av Marché Saint Pierre, affären på hörnet nere vid Anvers, du vet. Dom brukar få in en hel del bra grejer, ibland riktiga märkeskläder, Adidas, Kookaï och sånt. Det är inte särskilt dyrt heller.

Fanta pratade samtidigt som hon öste upp ris ur en stor säck och sedan mätte upp i mindre plastpåsar som hon förslöt med rött, självhäftande plastband. Så klistrade hon dit små vita etiketter som hon redan skrivit priset på med en blå kulspetspenna.

– Jo, jag vet var du menar, jag köpte en tröja till Fathia där förra hösten. Tyckte det var lite dyrt ändå ...

– I såna fall återstår bara Tati, avgjorde Fanta och stoppade ner rispåsarna i en kartong som hon sedan lyfte upp på en hylla.

Nedjma teg. Hon hoppades att pengarna hon lagt undan skulle räcka. För den här gången ville hon att Fathia skulle få en riktig jacka, en riktigt fin. En sådan som hon visste att Fathia önskade sig, även om hon inte sa det rakt ut. För Fathia visste ju att hennes mamma hade ont om pengar.

Ja, kanske det inte kunde bli exakt en sådan som hon drömde om, rättade Nedjma sin egen tankegång, men åtminstone något i samma stil, som Nedjma sett att så många andra flickor i Fathias ålder gick klädda i.

Det handlade inte bara om att hon lovat Fathia en ny jacka, hon måste ha en under alla omständigheter. Den gamla var helt enkelt så urvuxen att hon inte kunde gå runt i den längre. Efter två säsonger var den inte bara alldeles för kort i ärmarna och midjan, sömmarna vid fickorna hade dessutom spruckit och hon hade varit tvungen att nästa ihop det så gott det gick, kapuschongens tryckknappar hade tappat spänsten så till den grad att det inte gick att fästa någon kapuschong längre, där dragkedjans metallkläpp tidigare hängt satt numera ett gem inträtt och muddarna var fulla av små hål.

Nedjma skämdes varje morgon Fathia krängde på sig jackan för att gå till skolan och det visste hon att Fathia också gjorde, fast att hon inte sa något.

Den här gången hade hon bestämt sig för att Fathia skulle slippa en begagnad jacka köpt från någon hjälporganisation, eller en jacka som alla visste att de hade köpt på Tati, eftersom de flesta i kvarteret kunde deras kollektion utantill.

Hennes Fathia skulle få någonting som hon kunde känna sig fin i, precis så fin som hon visserligen alltid var i Nedjmas ögon men inte alltid i sina egna. Något att vara fin i och känna sig stolt över.

Hon hade några timmar på sig innan barnen skulle komma hem. Hon kunde alltid ta en sväng ner till Anvers och se om de fått in något som passade. Om inte kunde hon gå dit om några dagar igen. Det hade inte blivit vidare kallt ännu, hon hade tid på sig.

– Jag ska ta mig en titt.

– Det gör du rätt i. Min syster hittade jättesnygga byxor där till sin flicka häromveckan, svarade Fanta uppmuntrande.

Vädret var behagligt och eftersom det var mitt i veckan var det inte alltför mycket folk ute på Boulevard Barbès. Inte ens nere i korsningen, vid metrostationen, var det trängsel. På helgerna fick man ofta pressa sig fram om man över huvud taget ville komma över övergångsstället.

Nedjma tog till höger och efter en kort stund kom hon fram till affären Fanta pratat om. Först tittade hon sig omkring lite på måfå, för att sondera terrängen. I den här typen av affärer gällde det att vara kännare. Veta var man skulle leta och hur, och dessutom känna igen guldklimparna när man väl stötte på dem.

Det mesta av kläderna låg i gigantiska lådor, ställda direkt på golvet. Runt varje låda stod kvinnor och unga tjejer och drog upp plagg efter plagg, för att därefter låta dem falla tillbaka ner i lådan. Endast i undantagsfall mötte plaggen nåd inför sin ytterst kritiska jury och fick följa med bort till provrummen.

Närmast dörren låg halsdukar och andra accessoarer. Sedan en låda för t-shirts, en annan för långärmat. En tredje för stickade tröjor och koftor. Linnena hade sin plats, underkläderna sin. Längst in i lokalen hängde byxor längs ena väggen. På den motsatta väggen trängdes jackorna.

Nedjma började gå igenom sortimentet. Metodiskt, jacka för jacka. Hennes första kriterium var modellen. Om den stämde något så när tittade hon lite närmare på materialet och sedan färgen, och blev jackan godkänd så långt tittade hon till sist på storleken och priset. Oftast föll det på det sista kriteriet. Som den där mörkgröna jackan med små glänsande nitar längs med dragkedjan och guldinslag i muddarna som hon lät åka upp på väggen igen. För dyr.

Det fanns andra jackor som passade in i hennes budget. Det

kunde hon konstatera när hon gick igenom jackorna en andra gång och i stället började med att titta på priset. Men det var självfallet jackor som inte alls stämde överens med Fathias bild av en snygg jacka, och inte heller med hennes egen om vad som var hyfsat praktiskt.

Med en suck konstaterade hon att det inte fanns något där för henne i dag. Hon hoppades innerligt att hon skulle ha bättre tur nästa vecka.

När hon var på väg genom affären i riktning mot utgången såg hon två tonårstjejer gå bort mot jackorna. En av dem drog ögonblickligen fram den gröna med de guldrandiga muddarna och krängde den på sig.

– Gud, va snygg, tycker du inte?

– Den är för liten för dig, kolla om det inte finns en storlek större, svarade kompisen och flickan hängde dröjande tillbaka jackan på galgen och började leta efter en större, utan att för den skull släppa den gröna jackan ur sikte.

Det fick Nedjma att bestämma sig. I ett språng var hon framme vid de båda flickorna, som förvånat såg på kvinnan som utan minsta tvekan stack in armen bland jackorna för att på ett ögonblick dra ut den gröna. Den ena flickan såg ut som om hon tänkte säga något, men insåg troligen att det inte fanns så mycket att sätta emot.

Nedjma hade nästan lite hjärtklappning när hon stod i kön till kassan. Hon hade tillräckligt med pengar på sig, det hade hon. Men hur skulle hon göra med allt det andra hon hade tänkt köpa, hur skulle hon få det att gå ihop? Det får väl gå på något vis, uppmuntrade hon sig själv. Jag får väl hoppa över lunchen ett tag, äta lite mindre grönsaker. Och jackan är ändå ganska stor, Fathia kommer att kunna ha den mer än ett år, tröstade hon sig.

Ändå var det med blandade känslor hon lämnade affären med påsen i handen. En tonåring kunde gå in i den där affären och helt strunta i att titta på priset, medan hon själv måste försaka så mycket under så lång tid för att kunna klä sin dotter. Vad tjänade allt hennes slit med städvagnen till, egentligen?

När hon gått igenom baren med en hastig nick åt Alain Arnaud och kommit upp till sig, letade hon reda på en gammal plastpåse från snabbköpet som hon lade påsen med jackan i, innan hon stoppade in presenten längst in i garderoben, bakom sina egna gamla formlösa tröjor. Hon ville att det skulle bli en överraskning, en riktig.

Hon blev alldeles varm inombords när hon tänkte på hur lycklig Fathia skulle bli, det kändes så underbart att för en gångs skull kunna överträffa sitt barns förväntningar. Vara den där goda fen med sitt magiska trollspö som man tryggt kan luta sig mot, lita på i alla väder, som man vet alltid ger en sista önskning, en sista chans, som alltid kan trolla bort problemen i ett enda slag. Ett slags övermänniska, som alla föräldrar borde vara i sina barns ögon, någon form av sagovarelse med övernaturliga krafter som kan stå upp mot världens ondska.

Dessutom ville hon helst slippa se påsen själv också, eftersom den gav henne en malande känsla av oro i magen. Det räckte att hon såg affärsloggan så knöt det sig. Så bräcklig var hennes tillvaro, att den hängde på några få euro. Sådana små summor, som för andra utgjorde lite skramlande skräp i fickan, som de utan en tanke gav åt musikanterna i metron – sådana summor avgjorde vad hon och barnen skulle få att äta och vilka kläder de skulle få ha på sig. Hon kände sig så lång ifrån en sagofe som man kunde komma.

Business

– HÖRDU GRABBEN, KOM HIT!

Momo stannade på fjärde trappsteget, höll andan och försökte smälta samman med mörkret och den avskavda velourtapeten i grillrestaurangsbrunt.

– Hör du dåligt, kom hit säger jag! Jag ser dig nog, fast du försöker smita.

Momo suckade och gjorde helt om, men tog så mycket tid på sig som det bara var möjligt för att gå de få trappstegen tillbaka och sedan tillryggalägga de fyra meter som skiljde trappan från bardisken.

– Vad är det om? sa han och försökte låta nonchalant.

– Du, grabben, du ska inte vara uppkäftig, det har du ingenting för när det gäller mig. Jag känner till din typ alltför väl.

– Min typ, vad då min typ? Arabjävel? Horunge?

– Det var du själv som sa det, svarade Alain med sitt irriterande lugn samtidigt som han sköljde ett par ölglas. Momo noterade dock med en viss belåtenhet att gubbjäveln undvek att titta honom i ögonen när han pratade. Själv gjorde han allt vad han kunde för att spänna ögonen i utsugaren på andra sidan av den ölfläckiga disken.

– Vad vill du? Kanske du kan säga det så att jag kan gå upp sen? Min syster väntar faktiskt på mig.

– Oj, oj, oj då, vad man bryr sig plötsligt! kluckade Alain. Men det är sant, din mamma tror ju att du sitter där uppe varje kväll och hjälper din lillasyster med läxorna, sa han roat och lade huvudet på sned.

– Det vore kanske intressant för henne att få veta vad du egentligen sysslar med, tror du inte? Som förälder oroar man sig faktiskt för sina barn och vill gärna veta vad dom har för sig.

– Jaha, som du vill. Jag har inget att dölja för min mamma, svarade Momo, något mindre självsäkert den här gången.

Han märkte att Alain omedelbart noterade det förändrade röstläget.

– Tror du inte att jag har sett dig hänga ute med den där Sami? Du tror att du klarar dig bara för att ni håller till längre bort? Jag har nog sett er stråla samman här utanför på kvällen. Och det vet väl hela Château Rouge vad han håller på med för business.

– Jaha, och du då? Vad håller du på med för business? Det vet väl också hela Château Rouge, eller?

Momo kände att han fått medvind igen. Två – ett till mig, tänkte han.

– Du, nu ska vi inte blanda ihop äpplen och päron, unge man. Vem tror du är mest trovärdig? Arabjäveln Momo eller affärsmannen Arnaud?

– Ägare till ett sunkhotell, ja, muttrade Momo för sig själv.

– Vad sa du?

Alain hade hävt sig lätt över disken och Momo ryggade automatiskt ett steg tillbaka. Nu ligger vi lika, konstaterade han.

– Du, jag kom inte ner igen för att stå här och konversera med dig. Har du inget annat att säga så …

– Nu tar vi det lite lugnt, Momo, fortsatte Alain, och såg

plötsligt alldeles väldigt kärvänlig ut. Ett oroväckande tecken, tänkte Momo.

– Det är så här förstår du: du kanske har hört talas om att elpriset höjts kraftigt på sistone. Som du förstår innebär det att mina omkostnader också höjts. Och hos er är ni ju tre, så det går förstås åt en hel del energi.

Han är fan i mig halare än jag trodde, tänkte Momo medan ilskan stegrade sig inuti honom. Han förstod så väl vart Alain ville komma. Hade man diplom från utsugarskolan så hade man …

– Därför är jag nödsakad att höja hyran, som du säkert förstår.

– Höja hyran? Som om vår glödlampa i taket skulle dra en sån jävla massa ström! Vi har ju inte ens varmvatten!

– Jag är alltså tvungen att höja hyran. Med hundra euro, upprepade Alain, som om Momos protester endast utgjort en form av tillfällig atmosfärisk störning.

Så lade han återigen huvudet på sned, en pose som gav ett nästan oanständigt intryck i kombination med hans småflinande mun och gråkalla ögon.

– Samtidigt vet jag ju hur svårt det är för din mor. Jag vet ju hur hon sliter för att få det att gå runt och för att hennes slöfock till son ska få mat på bordet. Jag vet hur hårt den här höjningen skulle slå mot hennes ekonomi. Därför tänkte jag så här, förstår du: vi säger inget till Nedjma. Hon får fortsätta att betala sin vanliga hyra. I stället blir det du, Momo, som står för dom där hundra extra. Genom att göra mig små tjänster. Ingenting märkvärdigt alls, bara små tjänster som du hur lätt som helst kan gå i land med, tack vare din utsökta lokalkännedom.

– Din jävla kuksugare. Den där höjningen är nåt du bara hittar på, va?

– Jag visste väl att vi skulle förstå varandra, fortsatte Alain med ett allt bredare leende på läpparna.

– Den här månaden skulle jag till exempel gärna se att du etablerade kontakt mellan din vän Sami och mig. Du förstår, jag skulle gärna vilja vidga min verksamhet lite, och det är där du kommer in i bilden. Du kan se dig själv som den felande länken, om du vill.

– Vad fan ... Sami är en bekant, inget annat! Jag har aldrig varit inblandad i hans ... jag håller inte på med sån skit! utbrast Momo upprört.

– Nu gör du det, svarade Alain lugnt och återgick till sitt ölglasdiskande.

– Men jag har aldrig ...

– Självklart kan du säga nej, vi lever i ett fritt land. Men då har jag tyvärr inget annat val än att be din redan hårt prövade mor om mer pengar. Och om hon inte kan betala måste jag dessvärre söka mig om efter nya hyresgäster. Dessutom blir jag tvungen att berätta för henne om dina regelbundna kvällsutflykter. Vill du det?

Momo svarade inte, han gjorde bara helt om och försvann det fortaste han kunde ut från baren igen. Han ville för allt i världen inte att Alain skulle få se tårarna som steg i hans tonårsögon.

Gata upp och gata ner vandrade han med händerna nerkörda i fickorna, huvudet hängande och huvan uppdragen för att slippa bli igenkänd. Då och då stannade han och torkade kinder och näsa torra från snor och tårar.

Hur hade han kunnat vara så jävla naiv? Han hade sett Alain som en ovanligt obehaglig person men aldrig anat att han var en sådan illmarig strateg. Han hade gått rakt i fällan med vidöppna ögon. Och nu kändes det som om han trampade omkring i något slags kletig gegga, som bara kletade sig fast värre och värre ju mer han ansträngde sig för att ta sig loss. Han måste prata med mamma, det här gick inte.

Han stannade med ens upp. Mamma, vad skulle hon kunna göra? Hans älskade mamma, hans mamma som bara levde för att överleva, överleva för att han och Fathia skulle få det bättre en dag.

Han kunde inte säga något till henne, det kände han. Han kunde inte lägga ytterligare sten på hennes börda. Han måste själv försöka hitta ett sätt att ta sig ur det hela, även om han inte hade en aning om hur det skulle gå till.

Tre kulor glass

– KOM NU FATHIA, vi kommer försent, dom andra väntar redan nere vid metron!

– Lugna dig mamma, det tar inte mer än tio minuter att gå dit!

En till synes oberörd Fathia drog av sig den orangerandiga tröja hon just tagit på sig och tog i stället fram en rosa med kapuschong.

– Det är ingen modevisning, det är en demonstration, Fathia. Kom nu, du är hur fin som helst.

Nedjma drog med sig Fathia nerför trappan. Det var lördag så de slapp i alla fall Alains blickar och sura kommentarer.

Utanför var lördagskommersen i full gång. Många från förorterna hade kommit in till stan för att handla i kvarterets alla specialbutiker. Det var trångt på trottoaren, och flera gånger fick de gå ut i körfältet för att komma framåt i hyfsad fart. Nedjma var otålig.

– Mamma, det är ingen panik, klockan är inte ens elva. Ingen annan kommer i tid!

– Prata inte så mycket, kom nu, manade Nedjma.

Efter att ha sicksackat mellan grönsaksstånd och tygrullar, barnvagnar och soptunnor, kom de ner till metrostationen där de hade stämt möte. Fathia hade rätt: Aïcha var där, liksom ett tiotal andra personer, men mer än hälften saknades fortfarande.

– Hej Nedjma! Bra att du kunde komma, syster! Och det här måste vara Fathia, förstår jag?

Fathia log ett generat leende, men Aïcha tryckte en näve flygblad i handen på henne: ”Frankrike av i dag: 150 000 inneboende, 50 000 på hotell, 3,3 miljoner med svåra bostadsproblem.”

– Vi väntar en liten stund, så hinner fler komma. Sen sätter vi igång, förklarade Nedjma för Fathia.

Medan de väntade gick de runt och hälsade. Efter att ha varit med några gånger började Nedjma känna de flesta och visste hur mötena fungerade.

– Vi delar inte ut flygbladen förrän Aïcha har börjat tala, instruerade Nedjma sin dotter. Det blir bäst effekt då.

Tjugo minuter senare bedömdes det att styrkan var samlad och Aïcha satte igång. Det var de vanliga kraven på bättre bostäder, riktiga bostäder. Dessutom tog hon upp ett fall med en ung familj med en tre månader gammal baby som slängts ut från den etta de hyrt i andra hand. Det fick många att stanna upp och lyssna. Nedjma skyndade sig att dela ut flygbladen bland åhörarna, och hon märkte till sin belåtenhet att Fathia gjorde likadant, med allt större iver.

– Det här var roligt mamma, sa hon i förbifarten med blossande kinder.

Sedan inträffade det som Nedjma både väntat på och fasat inför, men som hon inte berättat om för Fathia. Aïcha kallade fram henne till potatislådan.

– Och nu ska Nedjma här berätta för er som inte vet hur det är att leva i ett hotellrum på nio kvadrat.

Nedjma steg något tvekande upp på lådan. Borde hon verkligen göra det här? Tänk om någon av åhörarna kände monsieur Arnaud? Hon tittade vädjande mot Aïchas håll men det var som om hon medvetet gjort sin blick oseende.

Så började hon. Först svagt, lite trevande. För även om hon förberett sig hela veckan var det något helt annat att stå ute i lördagsvimlet och tala om sitt liv. Och dessutom berätta om det svåraste och mest intima, sin egen utsatthet och sitt eget misslyckande. Men hon gjorde det. Hon berättade om smutsen och fukten, om svårigheterna att hålla sig ren, om problemen för barnen att växa upp som normala tonåringar. Hela tiden lät hon bli att titta på Fathia som hon visste fanns där någonstans.

När hon pratat klart och steg ner hörde hon flera spridda applåder. Aïcha kom fram till henne.

– Det gick ju jättebra, det var utmärkt! Det där får vi göra om!

Nedjma kände sig inte lika säker på den saken.

– Vad duktig du var, mamma! utbrast plötsligt någon och hon kände två armar som slöt sig om henne bakifrån.

– Att du vågade, inte visste jag att du kunde sånt, fortsatte en imponerad Fathia innan hon tog sin mor under armen och de långsamt började gå därifrån, hemåt.

När de kom innanför dörren möttes de av doften av stekt aubergine.

– Har du lagat lunch, Momo? Vad snällt av dig!

Nedjma såg med lysande ögon på sin son och gav honom en stor kram.

– Dom blev lite brända men jag tror det går att skrapa bort, sa han smått generat.

– Ni är världens finaste, konstaterade Nedjma och slog sig ner på sängen bakom soffbordet, där Momo redan dukat.

Sedan åt de aubergine och ris och Fathia kunde inte sluta berätta för sin bror om protestmötet vid metrostationen.

– Mamma var skithäftig, sa Fathia, och Nedjma noterade rört hur något som nog ändå måste tolkas som stolthet lyste i dotterns ögon.

– Gick du verkligen upp på lådan och berättade allt det där? frågade Momo.

– Alla applåderade och flygbladen tog slut hur fort som helst, fortsatte Fathia, när Nedjmas svar uteblev.

Till slut, när maten var uppäten, ställde sig Nedjma upp och tittade ut genom fönstret.

– Det är så fint väder i dag. Låt disken stå, så går vi upp till Montmartre och äter glass!

Barnen tittade förundrat på henne.

– Kom, så går vi!

Det hade varit en alldeles fantastiskt fin eftermiddag, skulle hon minnas så många gånger efteråt. En sådan där gudabenådat varm höstdag som helt oväntat slår ner, likt ett minne av den sommar som just tagit slut. Arm i arm hade de gått, Momo på vänster sida och Fathia på den högra. Över Boulevard Barbès, bort mot den öppna platsen nedanför Sacré-Cœur. Där hade de stannat en stund och tittat på de överförtjusta barnen som åkte runt, runt på karusellhästarna. Sedan hade de börjat uppstigningen mot kyrkan. Ungefär vart tionde trappsteg hade de stannat, vänt sig om och beundrat utsikten som hela tiden ändrat karaktär och blivit alltmer imponerande. De hade känt sig som turister i sin egen stad, med två timmars semester från verkligheten.

Väl uppe på Montmartre-kullen hade de svängt till vänster och tråcklat sig fram genom de trånga och välbesökta gränderna, bort till en italiensk glassbar som Nedjma gått förbi många gånger, utan en tanke på att gå in och köpa något. Men den här gången slog hon upp dörren.

– Välj vad ni vill, sa hon storstilat, och kände plötsligt sorg i hjärtat över att inte kunna göra en så enkel gest oftare.

Barnen hennes var blygsamma och valde bara varsin kula, trots Nedjmas protester.

Sedan gick de ännu en gång bort och tittade på den svindlande utsikten och såg ut över Paris ur ett helt annat perspektiv än de var vana vid: uppifrån var allting stilla, tyst och rent. Fathia slickade på sin kula med jordgubbsglass, Momo sög njutningsfullt i sig sin med choklad medan Nedjma tog så små skedar som möjligt av sin pistagekula.

Sedan hade glassen varit slut, liksom deras tidsfrist. Tysta och fundersamma hade de gått tillbaka nerför backen, samma väg som de kommit.

***

Efteråt kan man alltid säga att man kände på sig. Att man sett tecken. Tecken på att man borde. Förstått. Att något inte var. Var som det skulle.

Efteråt är när man utan mening rannsakar sig själv, försöker ta på sig skulden. För att det ska bli mer uthärdligt. För att man åtminstone ska hitta en skyldig och aldrig mer behöva släppa honom.

Efteråt är alltid nästa dag. När nuet skoningslöst och för all framtid förvandlats till onåbar historia och när man plågar sig själv med att återuppleva alla outredda oförrätter.

Fast allra värst är de vackra minnena. De benådade ögonblicken när man sett igenom dimman och kaoset. Stunderna då alla bitar fallit på plats och livet för en gångs skull är vackert. Ögonblicken man förlorat för alltid. Det är det mest outhärdliga.

En vanlig fredag

DET HADE VARIT EN helt vanlig fredag, åtminstone hade det känts så. En i den långa raden av oansenliga veckoslutskvällar. Ingenting hade pekat på att den här fredagen, när den väl var slut, skulle komma att skilja sig från alla andra han tidigare upplevt. Bli den han mindes allra tydligast. Ungefär som de flesta mindes vad de gjort den elfte september, när de fått höra. Eller för all del var de befann sig när Kennedy blev mördad, om de tillhörde den äldre generationen. Eller vad de haft på sig när de gifte sig.

Alain hade stått på sin plats bakom bardisken och bläddrat i en biltidning och funderat över om han skulle åka och kolla på en ny bilstereo nästa dag, samtidigt som han hållit uppsikt över vilka som kom och gick, noterat vad de drack och sett till att de betalade vad de skulle innan de försvann ut igen. Mot slutet av eftermiddagen hade städ-Nedjma gått till jobbet precis som hon brukade och tjugo minuter senare hade det varit Momo som snabbt gått nerför trappan, liksom glidit förbi bardisken. Efter deras senaste samtal hade Momo gjort allt han kunde för att undvika att ens snegla åt Alains håll. Och Alain lät det hela bero, han hade ingen brådska. Till slut skulle Momo vara tvungen att böja sig, det visste han.

Bortåt sju började det bli alltmer folk på gatan utanför, de som var på väg hem passerade dem som var på väg ut i fredags-vimlet, och ljudet från tutande bilar och smällande klackar fortplantade sig in i lokalen. På baren samlades det vanliga kvällsgänget, plus några okända ansikten, också det precis som vanligt, inte minst när helgen låg i startgroparna. Det var så det fungerade. Någon drog med sig en kompis som normalt sett inte uppehöll sig i kvarteret. En annan gick förbi av en slump, insåg plötsligt att han var törstig och gick in. Det var precis som det brukade. Ingenting särskilt alls. Bara så jävla vanligt som det kunde bli. Så trivialt att han inte ens lade märke till det.

Stämningen var god, nästan gemytlig skulle man kunna säga, så gemytlig den nu kan bli på en dekisbar som hans. Lokalen var halvfull, och uppflugen på en av de höga stolarna vid bardisken satt en av hans stamkunder, Gérard, och höll hov. Bredvid stod Stéphane, han som enligt egen utsago jobbade svart på en bilverkstad i Pantin. Den ständigt rödsprängde och småberusade Richard med den växande ölmagen var också med, och en som Alain aldrig sett tidigare men som tydligen hette Jean-Claude och som stod och beklagade sig över att hans tjej stuckit helgen före. Ett jävla luder, det var vad hon var, förklarade han, och Alain undrade småflinande varför han då var så upprörd över att hon lämnat honom. Borde han inte i stället vara glad över att slippa henne?

– Herregud, ett nytt fruntimmer hittar du på en kväll om du lägger manken till, sa han för att uppmuntra nykomlingen samtidigt som han tappade upp öl åt de fyra vännerna vid disken, deras tredje omgång för kvällen.

Gérard slängde med sitt feta, halvlånga hår som börjat bli allt glesare uppe på hjässan och lyfte sitt glas. Därefter höjde han blicken i riktning mot taket och såg Jean-Claude stint i ögonen, samtidigt som han knyckte en aning med huvudet så att hans begynnande dubbelhaka för ett ögonblick slätades ut.

– Du vet väl om att det finns en fin liten fitta däruppe, som bara sitter och väntar på att man ska komma och ta för sig. Ensam hemma är hon också, eller hur Alain?

– Du, ta det lugnt nu…

– Äsch, jag skämtade bara. Men hon ser jävligt aptitlig ut, det måste du väl ändå medge? Förresten har jag redan tagit mig ett litet smakprov.

Han flinade så att den nikotingula tandraden nästan lyste gyllene i den milda belysningen från franslamporna i taket.

– Vad fan snackar du för skit?

Men Gérard föredrog att inte svara på Alains fråga utan fortsatte i stället att flina, nöjd över att på bara ett litet ögonblick ha hamnat i centrum för allas nyfikenhet.

– Det vet man ju hur hårt arabjävlarna håller sina ungar. Morsan har väl satt kyskhetsbälte på tjejen. Hon sitter nog bara där och längtar efter en fast och fin stake, konstaterade Gérard och tog ett självsäkert grepp om skrevet, till kamraternas stora förtjusning.

– Passa dig, hon är för fan inte mer än tolv eller nåt…

– En riktig primör, med andra ord. Och du vet, dom där mognar mycket tidigare än våra egna, förklarade han med kännarmin.

Stämningen runt bardisken blev alltmer upphetsad, och när den tjocke Richard ställde sig upp och juckade så att magen åkte upp och ner steg stämningen till en nästan rusig nivå.

– Grabbar, lägg av nu. Sånt där får ni hålla på med nån annanstans.

– Alain, för fan, du är väl inte den som säger nej till ett litet knull?

De andra vrålade av skratt åt Gérards kommentar, och när han dessutom rusade in bakom bardisken och tog Alain om midjan och samtidigt stönade i falsett vek de sig formligen dubbla över bardisken. Alain kände att situationen var ytterst nära att spåra ur, och att han måste få dem att sansa sig utan att de kände sig förorättade. Och framför allt fick han inte förlora sin egentligen självklara men plötsligt så bräckliga maktposition.

– Det handlar inte om det. Det handlar om att sköta det snyggt. Jag vill inte ha nåt bråk här. Jag vill inte locka hit polisen, okej? Det ligger väl i allas intresse att hålla snutfritt här, eller hur?

Han tittade från den ene till den andre. De flinade och han kände lugnet återvända. Kände att han åter hade situationen under kontroll. Alain, du kunde för fan blivit psykolog, tänkte han för sig själv och smålog när han för ett ögonblick vände ryggen mot lokalen för att hälla upp en whisky åt en nyanländ gäst.

Tjugo minuter gick, kanske ännu mer, den tredje ölen var urdrucken och den fjärde var på god väg ner. Samtalet vid bardisken vindlade vidare åt alla de vanliga hållen, från bilar till vädret till skatterna och så tillbaka till bilar igen, när Gérard plötsligt hasade sig ner från barstolen och demonstrativt sträckte på benen genom att först böja en aning på knäna samtidigt som han drog lite i byxlinningen.

– Fan, jag måste pinka.

Han tittade på Jean-Claude. Bara bråkdelen av en sekund, men tillräckligt länge för att Alain skulle uppfatta det och förstå vad det innebar.

– Jag med, ölen rinner ju för fan rätt igenom, svarade Jean-Claude och gjorde tecken att han tänkte följa med.

– För fan grabbar, lägg av nu.

Alain nästan vädjade till dem. Det kändes inte bra, inte alls som någon särskilt framgångsrik metod. Utan att riktigt begripa hur det gått till befann han sig plötsligt i underläge, men någon annan strategi kunde han inte komma på just i den stunden.

– Får man inte pinka i det här landet längre? Va? Har du gått med i säkerhetspolisen, eller?

Och så gick de uppför trappan. Efter några minuter följde Richard efter. Bara Stéphane satt kvar vid bardisken, men mycket snart betalade han sin del av notan och gick därifrån efter att ha sagt ett kort ”hej då” utan att ens titta åt Alains håll.

Alain stod stilla. Tittade på gästerna i lokalen. Försökte utröna vad de sett. Vad de hört och vad de velat förstå. Lyssnade efter ljud han inte ville höra. Väntade på steg som inte kom. Så vände han sig om och drog upp volymen på radion. Det taktfasta technodunket fyllde lokalen.

– Party time, skrålade en man borta vid fönstret, lyfte sitt glas mot Alain och log.

Det allra värsta

DEN KVÄLLEN VAR DET tomt i baren när hon kom hem, trött och med värkande rygg efter att ha ägnat hela kvällen åt att dammsuga heltäckningsmattor, tömma papperskorgar och skura toaletter. Hon skulle tänka på det senare, hur märkligt det varit att inte en enda av stamgästerna stått och hängt vid bardisken. Lokalen hade, precis som vanligt, varit upplyst av det gula ljuset från de fransbrämade taklamporna. Men all disk hade varit undanplockad, borden rentorkade, skulle hon inse, när hon i efterhand gick igenom det som hänt. Och Alain, hon trodde att hon skymtat hans ryggtavla genom glasdörren ut mot köket – hon var nästan säker på det – men just då hade hon egentligen inte tagit någon notis om det, för hon hade inget att säga honom och var inte alls angelägen om att stöta ihop med honom. Hon ville bara gå upp till sig, säga några vänliga ord till barnen, skälla lite symboliskt på dem för att de inte gjort klart sina läxor, och sedan rasa i säng och sjunka in i sin vanliga, drömlösa djupsömn.

Långsamt gick hon uppför trappan, lade handen på låret för varje steg, liksom för att stötta sig själv. Det hade blivit senare än vanligt den här kvällen, en olycka i metron hade gjort att hon fått vänta i nästan en timme på tåget.

Ljuset slocknade medan hon var på väg upp, och när hon till slut stod framför sin egen dörr i dunklet märkte hon att det var alldeles tyst där inne. Det hände sällan att Momo och Fathia redan sov när hon kom hem, framförallt inte en fredagskväll, men hon blev nöjd och nästan lite rörd. Kanske de ändå höll på att bli lite mer ansvarsfulla. Kanske hennes enträgna tjat ändå slagit rot någonstans.

Hon drog upp nyckelknippan ur innerfacket på axelväskan. När hon stack nyckeln i låset märkte hon till sin förvåning att dörren gav efter för det lätta trycket och gled upp.

Något fundersam gläntade hon på dörren, för att inte väcka barnen. Så tog hon två steg in i rummet.

Hon visste med ens att något inte stämde. Inte bara för att allt var så tyst och stilla. För trots mörkret såg hon ju att det inte låg någon madrass på golvet och spärrade hennes väg. Hon anade också att gardinen var fördragen. Ingen brukade dra för den i normala fall, barnen stängde alltid fönsterluckorna framåt kvällen. Det var åtminstone det hon alltid uppmanade dem att göra när de var ensamma.

I dunklet skymtade hon också konturerna av det lilla soffbordet, som inte stod på sin plats framför sängen utan låg på sidan, med sina små krumma ben rakt ut.

Det fanns dessutom något annat där inne i mörkret som berättade för henne att något inte var som det skulle, att något i själva verket var fruktansvärt, fruktansvärt fel. Men det var något så oerhört och oöverstigligt att hon först vägrade att registrera det som hon anade att hon såg, mörkret till trots. I stället stod hon kvar i tystnaden och mörkret i flera sekunder. Gav sig själv en sista respit, lät sig omslutas av det hoppingivande tvivlet en allra sista gång. Lät sig vaggas av osäkerheten och mörkret som barmhärtigt suddade ut verklighetens skarpa kanter. Eller också var det helt enkelt så att hon stod där och samlade mod, samlade allt mod hon kunde uppbåda så här utan förvarning, utan att någon förberett henne på prövningen. Mod att göra det hon måste göra.

Så gjorde hon det. Gick tillbaka till dörren och tände ljuset.

Hon visste inte vad hon sett först. Blodet, som slagit ut likt fullmogna vallmoblommor på det ljusgula, vadderade överkastet. Eller kroppen, färglös, på den blodröda ängen.

Det var kroppen hon skymtat i mörkret. Konturerna hon anat. Detaljerna hon inte vågat föreställa sig. Men sanningen var en frontalkrock, ljuset från glödlampan i taket den mötande bilens helljus brutalt uppkört i ansiktet.

Fathia såg blekare ut än någonsin. Tunnare och blekare än Nedjma någonsin sett henne. Kanske kontrasten mellan den näst intill genomskinliga huden och det djupröda blodet gjorde sitt till. Eller kanske det helt enkelt var kroppens naturligt vaxvita färg, när livet rinner ur.

Ögonen syntes inte längre, långa slingor av svart hår låg klibbat över ansiktet, som mörkt sjögräs. Hennes tunna små axlar stack ut ur blusen, det enda plagg som någon låtit henne behålla på, blusen som någon slitit upp, krängt ner, halvvägs nerför armarna. På hennes små toppiga bröst hade någon ristat blodröda streck, levrade röda strimmor, som för att ha något att göra, något att förströ sig med. Som när en tonårspojke uttråkat karvar med fällkniven i tunnelbanetågets fönsterruta, i väntan på att hans egen station ska dyka upp.

Nedjma rusade fram till sängen. Sjönk ner på knä. Bände loss den blöta tygtrasan som någon pressat in i Fathias mun. Strök med darrande händer bort håret från hennes ansikte och tog sedan tag om hennes båda axlar och skakade henne, samtidigt som hon försökte se in i Fathias ögon, de annars så livliga och kärleksfulla ögonen. Nu stängda för alltid, trots att de var öppna.

Sedan hade hon visst skrikit. Själv hade hon inte märkt det, men under de kommande dagarna hade hon fått anstränga sig för att kunna prata. Dessutom hade någon plötsligt stått bakom henne. Det var Alain.

– Vad i herrans namn är det som hä...

– Ut!!

Hon slog på honom med knutna nävar: i magen, på nyckelbenen, på armarna. Knuffade honom så att han var nära att ramla baklänges ut genom dörren och nerför trappan, mer på grund av det oväntade våldet än av styrkan i sig. Tanken på att han skulle få se hennes flicka, hennes älskade, hjälplösa flicka, var outhärdlig.

Förmodligen hade han skymtat eller i alla fall förstått, för fem minuter senare kom tre poliser uppför trappan.

Egentligen mindes hon ingenting av det som hänt just då. Det var som om bara ögonblicket existerade. I stället kunde hon senare, när hon gång på gång gick igenom det som hänt, se sig själv, se sig själv i filmen som visades utan uppehåll i hennes inre, tjugofyra timmar om dygnet.

Och då såg hon tre poliser komma in. Och hon såg en kvinna, nersmetad med blod: på armarna, i ansiktet, på kläderna. En kvinna som lagt sig ner över den livlösa flickkroppen på sängen, som slöt sina armar kring de smala axlarna när en av poliserna försökte lösgöra henne. Hon hörde någon skrika, hon såg kvinnan skaka på huvudet, vråla av smärta, sparka, kasta sig fram och tillbaka medan poliserna försökte hålla undan henne. Hon såg samma kvinna falla ihop, hulkande, svimfärdig. Hon såg kvinnans ansikte, anklagande och fyllt av självförakt på en och samma gång, vänt mot polisen som försökte resa henne upp. Men framför allt såg hon en djup och bottenlös sorg som hon visste aldrig mer skulle lämna kvinnan. Och så såg hon kvinnans blick byta riktning, stanna upp som inför ett osynligt hinder. Och hon visste vad kvinnan tänkte i just det ögonblicket. Var fanns Momo?

Förhör

– NÄR SÅG NI ER SON SENAST?

De redan gråtsvullna ögonen försvann ännu en gång bakom kvinnans handflator, och Philippe väntade tills den förtvivlade kvinnan mitt emot efter många, långa minuter snutit sig färdigt i den hopskrynklade pappersnäsduken.

– Momo? Ja, det var ju … det var ju i … i eftermiddags …

– I eftermiddags, jaha … tror ni att ni kan vara lite mer precis, minns ni vad klockan var …

– Ja, skolan slutar ju halv fem, han och Fathia brukar … brukade …

Kvinnan böjde sig framåt i en ny gråtattack, innan hon åter tittade rakt fram, utan att egentligen tyckas se något. Eller som om hon såg alltför mycket, tänkte Philippe, som hade sett den där blicken så många gånger förut.

– Jo, Fathia … brukade komma efter … bara tio minuter … Momo lite senare … kanske … tio i, fortsatte kvinnan sedan hon lugnat sig så pass att hon åter kunde formulera sig, om än stötvis.

– Hans skola ligger längre bort, förtydligade hon.

– Och i går kom dom hem i tid som dom brukar?

– Jag tittade inte på klockan men jo … det gjorde dom väl …

– Ni tyckte inte att dom var ovanligt sena eller så?

– Nej …

Kvinnan gungade lätt där hon satt på den vinylklädda besöksstolen och alltmer frenetiskt kramade den lilla snorindränkta näsduken, som om det var det enda hon hade att klamra sig fast vid. Näsan fortsatte att rinna på henne och hon torkade av det tårblandade snoret med baksidan av högerhanden.

– Vill ni ha en ny näsduk?

Kvinnan tog emot den och snöt sig, utan att för den skull släppa den lilla sönderkramade pappersbollen.

Philippe kvävde en gäspning och sneglade på klockan. Kvart i tre. Det skulle bli en lång natt. Kvinnan var helt förstörd, och Philippe förundrades nästan över att hon kunde ge hyfsat sammanhängande svar, även om han så många gånger tidigare sett svårt chockade människor samla något slags övermänsklig kraft i riktigt svåra krissituationer. Men han visste att förhöret skulle ta tid. Han skakade av sig tröttheten, som kom krypande uppför ryggen och vidare ut i axlarna, och fortsatte med sina rutinfrågor.

– Hur dags gick ni hemifrån?

– Som vanligt, strax före halv sex.

– Ni har alltid samma arbetstider?

Kvinnan nickade.

– Och hur dags slutar ni?

– Jag brukar vara hemma vid halv tolv. Men i går blev det senare, tåget var sent och …

Helt oförberett kastade sig kvinnan plötsligt framåt, dubbelvikt, hulkande. Han undrade om hon skulle kräkas, hon hade redan kastat upp i polisbilen på väg in till stationen. De skulle vara tvungna att lämna in den för sanering i morgon bitti. Han fick inte glömma att lägga en lapp om det i receptionen, tänkte Philippe medan han väntade på att kunna fortsätta förhöret.

– Hur var barnen i går? La ni märkte till något särskilt?

Kvinnan stirrade tomt på honom.

– Dom verkade inte bekymrade till exempel? Eller tvärtom uppspelta? Kanske ovanligt irriterade?

Han gjorde vad han kunde för att få kvinnan att förstå vilken typ av beteenden han syftade på.

– Allt var som vanligt. Vi pratade om hur det hade varit i skolan… Fathia… Fathia var så glad, hon hade fått beröm av sin engelsklärare…

En ny gråtattack från besöksstolen.

– Om vi skulle försöka prata lite mer om Fathia… Jag förstår att det här är oerhört svårt för er, men försök att samla tankarna. Vi kommer att prata om det här flera gånger, och ni kommer säkert att komma på fler detaljer, men ju fortare vi får information, desto bättre. Ju mer vi får veta på ett tidigt stadium, desto större är chanserna att vi kan få fast dom som gjort det här.

– Dom?

Kvinnan såg på honom med så söndergråtna ögon att det nästan var omöjligt att tolka deras uttryck.

– Rättsläkarens allra första undersökning av er dotter tyder på att det med största sannolikhet var flera män som våldförde sig på henne.

Så var det sagt. Sådant var aldrig lätt att framföra. Men bäst att göra det så fort som möjligt så att alla parter visste vad de pratade om. Erfarenheten hade också lärt honom att hur smärtsam sanningen än var för de anhöriga, så var den ändå mindre outhärdlig än ovissheten. Detaljerna lät han dock vänta. Som att hans kollega på rättsmedicin ganska omedelbart hade kunnat signalera att angriparna använt sig av någon form av vasst tillhygge. Det var därför som flickan förlorat så stora mängder blod på så kort tid och inte gått att rädda. Kanske, om hennes mor inte blivit försenad, skulle det kanske ha funnits en chans ... Det där sista beslutade han att aldrig nämna för henne.

Han väcktes ur sina tankar av att kvinnan mitt emot greppade papperskorgen under bordet, och den här gången hörde Philippe tydliga kräkljud.

– Ursäkta, sa kvinnan, när hon satte sig upp igen, med ögonen röda av brustna blodkärl. Ursäkta.

Philippe nickade och försökte se lagom deltagande ut. Han sträckte över en ny näsduk från sitt lager i skrivbordshurtsens andra låda och kallade på en av polisaspiranterna, för att denne skulle komma och hämta papperskorgen och samtidigt ta med sig ett glas vatten till kvinnan.

– Var hon ... var hon vid medvetande? Hade hon mycket ont? lyckades kvinnan så småningom pressa fram.

– Allt sånt är det för tidigt att svara på, svarade Philippe undvikande.

Men helt klart måste flickan haft ont. Något så in i helvete. Det här var ett av de värsta våldtäktsfall han varit inkopplad på. Han ville helst inte tänka på det. Började man göra det var man rökt i det här yrket, då skulle man inte palla med, det visste han. Han hade sett kollegor bränna ut sig på grund av alltför stor empatisk förmåga. Det gällde att ha fullständig kontroll över själens on/off-knapp. Det tyckte Philippe att han hade, och det tänkte han fortsätta med.

Den här tjejen, inte mer än tretton år gammal, hade utsatts

för en ytterst brutal gruppvåldtäkt. Som det här med tillhygget. Någon form av metallföremål, förmodade han. Eller glas. Tänker man över huvud taget på konsekvenserna när man gör något sådant? Tänker man över huvud taget? Dessutom hade svinen som gjort det roat sig med att dekorera hennes bröst med hjälp av en trubbig kniv. Som om de märkt sin boskap, tänkte han äcklad.

Flickan, Fathia, hade också haft ett tygstycke instoppat i munnen. Så att hennes skrik skulle dämpas naturligtvis. Det var troligen också förklaringen till att ingen på hotellet hade reagerat. Ljudet från gatan hade väl gjort sitt till också; det här var inte Paris mest stillsamma kvarter. Särskilt inte en fredagskväll. Hotellägaren hade själv sagt att det gått lite livat till i baren under kvällen, och det fanns inga skäl att inte tro på det. Etablissemanget var inte känt för att locka till sig något särskilt distingerat klientel. Det här var dräggens bar. Ägaren hade berättat att han under kvällen varit tvungen att avvisa en man som blivit alltför våldsam, och att deras handgemäng hade fortsatt ända ut på gatan. Det hade mycket riktigt kommit in ett samtal från fastigheten mitt emot om ett bråk, men när en patrullbil kört förbi hade allt varit lugnt igen.

Det var ju fan också att de inte gått in på baren för att undersöka det hela lite noggrannare. Men han visste hur det var. Fredagskväll, underbemannat. Då tar man bara hand om det allra nödvändigaste. Överambitiösa poliser blir snart impopulära hos kollegorna sådana kvällar. Och hur skulle de ha kunnat ana?

Lite märkligt tyckte han ändå det var att förövarna kunnat ta sig både in och ut från hotellet utan att någon reagerat.

Philippe kände att han måste ta och prata med den där hotellägaren igen så snart han fått sova några timmar och tankarna klarnat. En ganska slemmig typ, för övrigt, men det gjorde honom inte automatiskt till mördare och våldtäktsman. Om det ändå hade varit så enkelt, tänkte han och suckade inombords.

– Kände Fathia sig hotad?

Kvinnan stirrade på honom som om hon inte förstått frågan.

– Ja, hade hon till exempel känt sig förföljd nån gång? På väg hem från skolan, nån kväll...

– Fathia var aldrig ute på kvällarna. Inte när jag jobbade. Barnen var hemma då. Dom hade läxor att göra.

Svaret kom snabbt. Aningen för snabbt. Philippe suckade åter tyst för sig själv. Han hade hört det där så många gånger. Föräldrarna hade sällan någon som helst aning om sina barns dubbelliv, det var ibland nästan rörande att se hur naiva vuxna människor kan vara. Om han själv fick barn någon gång skulle han inte tro ett ord av vad de sa från sex års ålder och uppåt, det var ett som var säkert.

Han bestämde sig för att inte släppa tråden så lätt. Även om han insåg att han var tvungen att gå i cirklar för att nå dit han ville. Men han hade anat ett mått av osäkerhet hos kvinnan. Kanske den första sprickan att söka i, tänkte han.

– I huset då? Vad har ni för kontakt med grannarna? Med bargästerna?

– Vi har ingenting med dom att göra. Vi håller oss för oss själva. Och jag har alltid sagt till barnen att inte öppna för nån när jag inte är hemma.

– Men det måste väl vara svårt att ha kontroll på vad som händer hemma när man arbetar varenda kväll?

Av reaktionen att döma hade han vidrört en känslig sträng.

– Jag gör vad jag kan för mina barn, monsieur. Hade jag inte varit tvungen hade jag inte lämnat dem ensamma på kvällarna, tro mig.

– Jag förstår. Jag menar bara att allt kanske inte är precis som ni föreställer er när ni inte är där...

– Barnen är alltid hemma när jag kommer från jobbet. Visst, ibland tittar dom på tv och så, men dom är alltid hemma.

Philippe tog sats.

– Men i går kväll när ni kom hem, då var er son inte där.

Kvinnan svarade inte. Såg ut som om hon inte visste vad hon skulle säga.

– När ni kom hem var allt mörkt och lugnt i rummet. Ingen annan var där.

– Tror ni det har hänt honom något också?

Ångesten i kvinnans ögon var näst intill olidlig att ta till sig. Philippe flyttade blicken till en punkt ovanför kvinnans axel i stället, i bokhyllan med de gröna mapparna.

– Det finns ingen anledning att befara det värsta. Och med hjälp av fotot ni gett oss hoppas vi hitta honom snabbt. Vi har skickat ut bilden till alla våra patruller.

Han lät informationen sjunka in hos kvinnan framför honom innan han fortsatte sitt resonemang.

– Men om han faktiskt var hemma när förövarna kom, som han ju borde ha varit enligt er, tycker ni då inte själv att det är lite märkligt att han inte slog larm? Om han lyckades fly därifrån borde han väl gått till polisen, eller hur?

Han såg tydligt att kvinnan funderade på det han sagt. Det tog tid innan hon svarade.

– Jag vet inte … det är inte alltid ungdomarna har så … så stort förtroende för polisen …

– Men nu handlar det om hans egen syster, som flera män våldfört sig på! Nog borde han ha gjort nåt! Såvida han var hemma vid tillfället, vill säga. Men ni säger ju att han alltid är det – och att han åtminstone alltid är hemma när ni kommer hem från arbetet. Så även om han utan er vetskap gått en sväng tidigare på kvällen, borde han ha kommit hem i god tid före er, sett vad som hänt – och larmat polisen.

– Men då måste det ju ha hänt honom nåt …

Philippe såg att kvinnan snart hade nått sin absolut yttersta gräns, och skyndade sig att fortsätta sitt resonemang, genom att skenbart byta tankespår.

– Vilka umgås Momo med?

Kvinnan såg oförstående ut, som om tankehoppet blivit alltför stort för att hon skulle hinna med.

– Ja, vad har han för kamrater?

– Han har ju sina klasskamrater, Farid, Cédric, Sullivan …

– Inga andra?

– Inte vad jag vet, vi umgås ju mycket med varandra. På helgerna när jag är ledig är vi mest tillsammans alla tre. Var.

Kvinnan på andra sidan bordet hulkade på nytt. Hon klarar snart inte att byta tempus en gång till, tänkte Philippe. Så var det nästan alltid. Att byta ut nuet till obeveklig dåtid verkade vara det allra svåraste för dem som brutalt mist en nära anhörig.

– Säger namnet Sami er någonting?

– Sami? Nej, vem skulle det vara?

– Vi har fått uppgifter om att er son inte alltid tillbringar kvällarna hemma medan ni är på arbetet, och vi har även fått in uppgifter om att han skulle umgås en del med en viss Sami som ... ja, inte är helt okänd för oss, om man säger så. Han har haft en del att göra med oss tidigare.

– Vad betyder det här? Menar ni att Momo ...

Kvinnan intog med ens försvarsposition, kände Philippe.

– Har ni märkt nån förändring i ... i er sons levnadsvanor på senare tid? Har han till exempel börjat använda mer märkeskläder, kommit hem med en iPod, ny mobiltelefon?

– Momo har ingen mobiltelefon. Han jobbar extra i en affär ibland för att få lite fickpengar, det är allt.

– Vilken affär rör det sig om?

– Arthur's. Dom säljer radioapparater och sånt.

– Och vad gör er son där?

– Hjälper till på lagret. När det kommer leveranser. När han inte är i skolan förstås, tillade hon.

Philippe antecknade butikens namn på ett löst blad. Han kallade på en kollega och lämnade över pappret med en kort order.

– Ni har inte märkt några andra förändringar hos er son den senaste tiden? Vad gäller hans humör till exempel?

– Nej, vad menar ni?

– Jag vill inte såra er, men jag måste tala klarspråk: använder er son droger?

För första gången sedan de kommit in på kontoret reste sig kvinnan upp från stolen, så hastigt att den for i golvet. Kvinnan, som var så utmattad att hon såg ut att falla ihop vilket ögonblick som helst, uppbådade sina sista krafter och vrålade rakt ut i luften:

– Min lilla Fathia, min älskade lilla Fathia, har blivit våldtagen och mördad, i sitt eget hem, och det enda ni gör är att kalla hennes bror för knarkare!

Sedan rasade kvinnan ihop i en hög på golvet och kved. Kved tyst, som ett litet barn som gått vilse och inte längre har några tårar kvar, och som förlorat hoppet om att någonsin hitta hem igen.

– Jag vet att det här är ytterst plågsamt för er, men vi måste undersöka alla spår. Och eftersom er son är försvunnen och inte heller har larmat polisen, måste vi naturligtvis undersöka om han har nån form av koppling till förövarna, försökte han förklara sedan han gått runt skrivbordet och hjälpt kvinnan upp på stolen igen.

– Ni tror väl inte att Momo, som älskar … älskade sin syster över allt … ni tror väl inte att han …?!

– Jag säger inte att han på nåt vis varit delaktig, det är absolut inte det jag påstår. Jag bara funderar på om han kan ha haft saker att dölja som gjort att han valt att försvinna i stället för att gå till polisen. Eller om han kände nån av förövarna men, av skäl som vi i nuläget inte känner till, inte velat eller ansett att han kunnat ange dem. Det är bara en hypotes bland många andra, men vi måste följa alla spår. Förstår ni hur jag resonerar?

Philippe kunde inte avgöra om kvinnan nickade eller skakade på huvudet, men han såg helt tydligt att hon inte klarade mer. Det hade blivit alltför många trådar att dra i för henne, och hans egna teorier var alltför smärtsamma för kvinnan att ta till sig. Han såg hur hon slöt sig inom sig själv, förbi av sorg och trötthet. Hon skulle varken kunna ta till sig eller lämna mer information i natt.

– Vi slutar för den här gången. Teknikerna är inte färdiga hemma hos er ännu, så vi har ordnat ett hotellrum åt er. Försöka att sova lite, ni behöver samla kraft. Vill ni ha nåt så att ni lättare kan somna? Finns det nån vi kan ringa till?

Nattöppet

NATTEN VAR SVART. Blysvart. Snart skulle den göra helt om och bli till dag igen, men just nu var den ogenomtränglig, mer kompakt än någonsin. Alain kände det som om han försökte pressa bilen genom en svart massa, en mjuk men motståndskraftig massa som tryckte mot rutorna och dörrarna, som försökte tränga in i bilen, fylla den, bädda in honom, kväva honom. Han drog ner dragkedjan i jackan en bit och knäppte upp ytterligare en knapp i skjortan. Kände att han svettades samtidigt som händerna var iskalla. Han tog ett djupt andetag. Ännu ett. Det hjälpte inte. Fortfarande samma känsla av att inte ha tillräckligt med luft i lungorna, som en fisk på land.

Han slog på bilradion för att blixtsnabbt slå av den igen. Han ville inte riskera att få höra.

Detta var inte en av hans annars så njutningsfulla och fridfulla bildfärder genom den sovande världen. Den här gången ville han helst av allt slippa ut ur sin solitära bubbla så fort som möjligt. Inte vara ensam med sina tankar, inte en minut till. Sylvies tjat, Rachids fyllesnack – vad som helst skulle vara bättre än det här. Han tittade på bilklockan. Snart halv fyra på morgonen. Han skulle i alla fall inte få en blund i ögonen innan den här natten övergick till morgon, och insåg med ens att han nog ändå inte var redo att förklara situationen för Sylvie och utsättas för hennes frågor. Han bestämde sig för att ta första bästa avfart tillbaka mot Paris igen.

Så här dags låg staden tystare än någonsin annars. Biograferna var sedan länge tömda på sin publik, teatrarna nedsläckta, konserterna över, restaurangerna låsta och de flesta barer hade stängt. Samtidigt var det för tidigt för att ens gryningslivet skulle ha börjat, inte minst som det var lördagsmorgon.

Alain kände dock till en bar som var öppen, nere vid Hallarna. Den låg på ett av stans horstråk, och därför hade den öppet till fem. Fnasken gick dit och värmde sig mellan passen, tog en kopp kaffe eller två tillsammans med taxichaufförer och andra nattarbetare. Eller andra som av olika skäl valt att inte sova.

Alain parkerade alldeles i närheten, på en plats för varuleveranser. Smällde igen bildörren, korsade gatan och öppnade dörren till Sans Rancune, som stället hette.

– Ge mig en fatöl – nej för fan, en whisky, en dubbel. Och ingen is för helvete, sa han till den jämngamle mannen bakom disken.

– Vad ska det vara för sort?

– Skit samma, bara det inte är nån amerikansk sörja. Eller förresten, just sån vill jag ha.

Bartendern svarade inget, utan ställde bara fram glaset och tittade något avvaktande på medan Alain tömde det i ett svep.

– Ge mig en till, är du snäll.

– Hur är läget? sa mannen neutralt på bartendrars vis, så att den andre skulle få fritt spelrum att välja det svar han ville.

– Har varit bättre, svarade Alain, och såg upp i taket samtidigt som han tömde även det andra glaset.

Så gav han ifrån sig en djup suck och sjönk ihop på nytt, innan han åter rätade på ryggen och uppfordrande sköt fram det tomma glaset.

– Ta det lugnt bara, kommenterade bartendern medan han fyllde på ännu en gång.

Alain vred sig ut mot lokalen medan han smuttade på whiskyn. Han kände att de två första glasen hade börjat göra verkan, han kunde kosta på sig att ta det lite lugnare med det tredje.

Det var ett märkligt ställe. Sans Rancune var ganska likt hans egen bar men ändå inte. Flera av gästerna här passade på pricken in på hans egen gästprofil. Men samtidigt lockade stället till sig så många olika människotyper – tack vare sitt läge och sina generösa öppettider, helt klart. Själv hade han dock aldrig känt för att tänja på öppettiderna på sin egen bar. Dels skulle han inte orka, dels skulle det bara bli en massa bråk. Det var bra som det var.

Var. Det hade varit bra, fram tills i går kväll. Denna lömskt vanliga fredagskväll när allt gått käpprakt åt helvete.

Så var de där igen. Tankarna han lyckats skölja ner med de första glasen whisky kom upp till ytan på nytt, envisare än någonsin. Och bilderna. Bilderna i rött och vitt, vitt och rött.

Han försökte skölja ner kvällens händelser med ytterligare en bärnstensfärgad klunk, sudda ut minnesbilderna från hjärnbarken. Bad om påfyllning ännu en gång.

– Hur är det fatt, raring? Du ser inte ut att må nåt vidare, va? Du håller inte på att bli sjuk eller nåt?

Inte förrän nu lade han märke till kvinnan som slagit sig ner på barstolen bredvid. En kvinna med ljusrött hår, förmodligen färgat, han kände inga fnask som inte färgade håret, om de så färgade det råttfärgat. Det tillhörde deras förklädnad så att säga, deras uniform.

Det var svårt att avgöra hennes ålder, men hon var säkerligen en bit över fyrtio, huden på överarmarna hade börjat blir slapp, och hon hade markerade rynkor i ögonvrårna, även om hon försökt sminka över dem så gott det gick.

– Du, jag har inte lust att snacka om det, okej? svarade han bara och vände sig in mot bardisken.

– Ibland är det just det man behöver, prata ...

– Eller så är det just knipa käft man behöver.

– Okej, som du vill, jag ska inte pumpa dig. Jag tyckte bara du såg ut att behöva lite sällskap. Du har inte en cigarett?

Alain fumlade efter fickan, hittade den med viss möda och drog upp ett paket Winston.

– Här.

– Och eld har du förstås också ...

Han drog upp tändaren och drog med tummen på det lilla hjulet. En blå gaslåga reste sig.

– Tack, det var bussigt. Jag hade slut på mina egna, och här är dom så dyra. Barpriser, du vet ...

– Jo tack, det vet jag, jag har själv en bar. Cigaretterna är för fan det enda som får det att gå runt.

– Inget illa ment. Och du, du behöver inte vara på offensiven med mig. Jag vill dig inget illa. Bara prata bort en stund i väntan på att det ska börja ljusna. Du är inte ensam om att må skit ibland, ska du veta.

– Du, det här är lite speciellt ...

– Var ligger din bar? frågade kvinnan, som uppenbarligen kände att det var dags att byta samtalsämne.

– Uppe i artonde, svarade Alain lite svävande och gjorde en cirkelrörelse med huvudet, som för att antyda att den låg runt hörnet.

– Uppe i Montmartre? Vad tjusigt, fortsatte kvinnan, som inte drack någon sprit utan bara smuttade på en stor kopp svart kaffe.

– Inte precis, min bar ligger på andra sidan, nere i träsket. Ja, Château Rouge du vet, fortsatte han när han såg att hon inte riktigt hängde med.

– Men där finns väl en hel del mysiga ställen där också ...

– Inte mitt, avgjorde han.

Sedan vände han sig demonstrativt mot bardisken igen. Efter några minuters tystnad bad han om ett femte glas. Bartendern såg något tveksam ut.

– Det sista, du stänger ju för fan om tio minuter, sen slipper du mig.

– Han är själv i branschen, förtydligade kvinnan bredvid honom.

– Du, jag klarar mig själv, okej?

Han vände sig irriterat mot henne och den häftiga rörelsen fick allt att snurra: kvinnan, bardisken, borden, stolarna for runt som en karusell. Han slöt ögonen ett ögonblick för att allt skulle hamna på plats igen.

– Jag ska nog gå nu, sa kvinnan kort, lade pengar på bardisken och gled ner från stolen samtidigt som hon drog i den korta kjolen som åkt upp av rörelsen.

– Det är jämt, sa hon till bartendern. Godnatt Pierre, vi ses i morgon.

Alain smuttade på whiskyn. För varje droppe som gled ner genom halsen gled han själv allt längre bort från verkligheten, ut ur sig själv. Som en jävla nära-döden-upplevelse, tänkte han och blev plötsligt rädd och slog sig själv på underarmen.

Slaget blev hårdare än han väntat sig, och han släppte ifrån sig ett halvkvävt skrik.

– Du, hur är det egentligen? frågade han som tydligen hette Pierre.

– Det är min ensak. Och du, jag går snart. Kan du låta mig vara ifred tills dess?

Lokalen hade tömts på folk medan Alain suttit där, det insåg han nu. Det var bara han och en man till kvar där inne. Den andre reste sig just nu mödosamt upp, drog fram plånboken som han genast tappade på golvet. Alain satt och såg på hur mannen grep tag i ryggstödet på en stol för att få stöd när han böjde sig ner för att plocka upp plånboken, och såg hur nära det var att stolen välte och drog med sig mannen i fallet.

När mannen till slut lyckats betala gick han med något osäkra steg mot dörren.

– Du får också ta och gå nu. Jag stänger.

Alain sög i sig de sista dropparna whisky, betalade och gick därifrån. När han kommit ut på gatan ställde han sig och pissade mot väggen. Hade svårt att hålla balansen och svor till när det kom några droppar på byxorna. Så trängde plötsligt ett skratt upp inom honom, och han kände sig med ens tjugo, trettio år yngre. Som på en helkväll med polarna. På väg hem till någon ny brud han fått vittring på.

Han ville aldrig mer bli nykter. Aldrig mer. Ville för evigt vara ointaglig för omvärlden, slippa bli indragen i andras bekymmer. För evigt flyta ovanpå, fortsätta vara lätt som ett moln, stiga till väders när helst han behagade.

Han låste upp bilen med fjärrkontrollen och satte sig på förarplatsen. Somnade innan han ens fått i startnyckeln.

Fågelunge

LILLA FÅGELUNGEN MIN, fina fågelungen min.

Hon hade strukit med pekfingret över den lilla hjässan, över det tunna, svarta fjunet, försiktigt, försiktigt. Som på en liten fågelunge. Det var så hon hade tänkt den bleka februarimorgonen på sjukhuset, när Hamid kommit in till henne med en nybadad och påklädd liten knappt tre kilo tung Fathia i blekgul pyjamas, bräcklig, men med en blick så intensiv och så full av vishet att den såg ut att ha färdats ljusår innan den nådde ögonens yta. Och så skulle hon alltid vara, Fathia. Så hade hon alltid varit. Skör men ändå livskraftig. Blek men full av energi. Med sina långa, tankfulla tystnader och ändå så nära till det där bubblande skrattet som snabbt svämmade över och smittade andra.

Det var Nedjma som gett henne livet, men det var Fathia som hjälpt sin mamma att hålla fast vid sitt eget. Som gett henne livskraften åter med sina leenden, sina små förtroenden – vardagliga små tankar om skolan, kamraterna, lärarna – som ständigt knöt osynliga band av gemenskap och respekt, kärlek.

Fathia som vikt tvätten tillsammans med henne, som diskat upp för att det inte skulle stå klistriga tallrikar i handfatet när hon själv kommit hem från jobbet sent om kvällen. Fathia som grymtat besvärat men någonstans ändå varit nöjd när Nedjma tjatat på henne om läxorna. Och som lyst som en sol när hon ibland gjort bra ifrån sig på proven – och som så generöst delat med sig av lärarnas beröm till sin mor.

Fathia som trots att hon hunnit upp på högstadiet plötsligt kunnat krama om sin mor utan förvarning, stryka henne över kinden för att i nästa sekund fladdra iväg mot ett okänt mål. Som om hon hade velat återgälda något som Nedjma inte ens trodde att hon var i stånd att ge. Fathia, med kärlek och styrka för ett helt, långt liv, rustad för att fortsätta ge till andra och sprida ljus omkring sig.

Så enkelt hade det varit, och så stort. En väv av varma tankar, ett skyddsnät av moderskärlek och dotterskärlek som hindrade en från att ramla igenom när vardagen blev alltför brutal. Som tog emot och dämpade de värsta stötarna som livet opartiskt och känslokallt utdelar i sin framfart.

Som gett hennes eget liv en mening, den att ge vidare vad man själv en gång tagit emot. Dela med sig ända in i evigheten.

Hon tryckte sin turkosa halsduk mot ansiktet, sin medelhavsblåa halsduk, borrade in näsan i den luftiga akrylen. Fluffig som fågelfjun, tänkte hon, och det var som om hela livet på nytt vällde upp ur hennes redan söndergråtna ögon.

Hennes fågelunge, hennes bleka lilla Fathiafågel, som flugit sin väg för gott. Som någon slagit sina rovdjursklor i, besudlat, befläckat, kramat livet ur, som man vrider ur en skurtrasa.

Vad hade hon själv gjort när det hänt? Torkat skrivbord, skurat toaletter, tömt papperskorgar. Hon undrade vad hon ägnat sig åt i det ögonblick då Fathia slutit sina ögon för gott. Hade det varit när hon druckit kaffe med Caroline? Eller när hon stått på perrongen och väntat på tåget som aldrig ville komma?

Varför hade hon inte funnits där för Fathia, när hon behövt sin mamma som allra, allra mest?

Fanta satt och höll om henne. Tryckte henne till sitt bröst som rytmiskt gungade i takt med gråten. Tryckte henne intill sig som om hon varit ett barn, och hon kände att hon också var det i det här ögonblicket. En mor utan barn. Var som ett barn utan mor.

– Nedjma lilla, jag vet inte vad jag ska säga. Jag bara gråter, jag också. Förbannar dom svinen. Må deras själar aldrig nånsin få ro, sa Fanta med en metallisk klang i rösten som Nedjma inte kände igen.

Sedan lösgjorde sig Fanta, gick bort till kaffebryggaren och hällde upp kaffe åt dem. Satte ner muggarna på den gulblommiga vaxduken, där hopsmälta och brunfärgade cirklar avslöjade att någon mer än en gång haft bråttom och ställt ifrån sig alltför heta kastruller.

– Om dom bara haft en mobil, om jag bara hade gett dom en mobil. Då hade hon kunnat ringa mig, hon hade kunnat ringa polisen, sa Fathia med knappt hörbar stämma.

Och så riste gråten på nytt i hennes utvakade kropp.

– Anklaga inte dig själv, Nedjma. Du har gjort allt du har kunnat. Det visste Fathia också.

Nedjma hörde hur Fanta vände sig om för att snyta sig.

Det var faktiskt första gången som Nedjma var hemma hos Fanta, i den lilla tvåan ovanpå butiken, men det tänkte hon knappt på där hon satt och av ren artighet försökte få i sig några heta klunkar.

Tänk att sådana reflexer ändå sitter i, tänkte hon. Som att vara artig. Inte tacka nej när någon bjuder. Tänk att sådant sitter i till och med när det allra värsta har hänt. Det kändes hoppingivande, på något vis, även om hon inte riktigt visste varför och inte heller hade någon ork att fundera vidare över det.

– Drick. Jag vet att det är svårt, men du måste dricka. Du måste orka. För både Fathias och Momos skull, förtydligade Fanta och spände ögonen i henne.

Nedjma lydde. Som ett litet barn. Som det barn hon förlorat. Som det barn hon inte visste om hon längre hade. Som de barn Fanta aldrig fått och som Fathia aldrig skulle få. Som alla födda och ofödda och döda barn som världen var full av.

Men det var skönt att för ett ögonblick få bli ett barn igen. Krypa ihop och lämna över ansvaret till någon annan, låta någon annan ta kommandot, någon som ville henne väl. Och hon kände att kaffet gjorde henne gott, Fanta hade naturligtvis rätt som vanligt. Efter tre klunkar var det som om dimman i hennes hjärna lättade en aning.

– Har du hört nåt från Momo?

Nedjma skakade på huvudet. En ny gråtattack gick som en elektrisk stöt genom kroppen på henne och fick en skvätt kaffe att skvimpa ut på vaxduken.

– Du ska se att allt är bra med honom. Jag vet inte varför han gömmer sig, men han har nog sina skäl. Och dom är säkert goda, försäkrade Fanta, medan hon hämtade en gul svamp borta vid diskbänken i kokvrån för att torka upp det utspillda kaffet.

– Men polisen tror ju ...

– Polisen tror så mycket. Det är deras jobb att tro en massa. Men jag skulle inte oroa mig för Momo. Det har inte hänt honom nåt, det är jag säker på.

Nedjma tittade på sin vän. Hon såg så säker och övertygande ut när hon sagt det där sista att Nedjma valde att ta hennes ord till sig. För att få en börda mindre att bära. Det var skönt att kunna tro på något. Hon hade ett så evinnerligt stort behov av att tro på något, om än något litet och skört.

– Har polisen förresten kommit fram till nåt ännu?

Nedjma ryckte på axlarna.

– Dom förhör en massa människor, skulle prata med Fathias och Momos kompisar också, vad nu det ska tjäna till.

– Det vet du inte, Nedjma. Dom kan ha hört nåt, sett nåt...

Nedjmas hand sökte sig till plastpåsen som låg i hennes knä. Hon stack in handen i den och strök över det blanka tyget därinne, koncentrerade sig för att med fingret söka sig fram över raden med små strasstenar.

– Hon hann aldrig få den, Fanta, jag hann inte ge den till henne. Köpte den bara några dagar innan... Ville spara den, överraska. Visste ju att hon skulle bli så glad. Så glad, så glad. Och så hann hon aldrig få den...

Medan hon pratade hade hon dragit fram den gröna jackan ur påsen. Höll upp den, lyfte fram den mot Fanta, som om hon inte kunde se den tillräckligt väl där hon satt, sträckte fram den som ett offer. Så försvann hon ner i jackan, borrade ner sitt snörvlande, gråtande ansikte i det blanka tyget innan hon åter tittade upp på Fanta, som såg ut att ha blivit huvudet längre än hon själv, fastän Fanta i verkligheten var den kortaste av dem båda. Men Nedjmas kropp hade på något vis sjunkit ihop, som om ryggraden tryckts samman, bäckenet sjunkit in mellan höftbenen.

– Fanta, hur kan nån levande människa göra nåt sånt? Hur kan nåns söner göra så mot en annan människa, mot nån som bara är ett barn, en liten flicka? Min flicka?

– Dom är inte människor, Nedjma. Inte nu längre.

Fanta tog emot Nedjma när hon föll tillbaka mot hennes axel. Strök henne över håret. Nedjma hörde vännen nynna en sång som hon inte förstod orden i, men melodin kände hon igen från någonstans, tonerna fanns bevarade i en avlägsen vrå av hennes minne, insåg hon. En mjuk och smekande melodi, likt bomull, som fick henne att blunda, även om hon inte sov. Så skönt att vila ögonen, slippa se världen. Bara ta till sig Fantas lågmälda, lite hesa röst som efter ett tag gav upp orden och bara nynnade i stället. Ordlöst men fullt av mening.

De satt på det sättet länge, länge. Det hade till och med hunnit börja skymma när Fantas brorson försiktigt öppnade dörren och undrade om han kunde lämna butiken om en halvtimme. Fanta nickade tyst, och han drog igen dörren bakom sig igen.

– Du sover här i natt, Nedjma. Du ska inte gå tillbaka till det där hotellet. Vi bäddar åt dig i soffan, sa Fanta, vänligt men bestämt. Nu ska jag bara gå ner i affären en stund, och sen ska vi laga oss nåt att äta. Mathieu skulle iväg nånstans, så det blir bara du och jag. Jag har lite kyckling kvar i kylen. Vi kan koka ris till.

Nedjma nickade. Så tacksam över att inte behöva bestämma någonting själv. Men plötsligt blev hon orolig.

– Men Momo då? Hur ska han veta var jag är?

– Tror du inte han kan lista ut det? Och han har väl ditt mobilnummer ifall han skulle vilja ringa?

Så klart, Fanta hade rätt igen. Nedjma tittade tacksamt på henne.

Kontroll

ATT DE DÄR JÄVLARNA inte kunnat hålla sig lugna, hålla sina skitiga fingrar i styr. Tänk att de så till den grad saknade självkontroll. Det var den avgörande skillnaden mellan dem och honom själv, tänkte Alain. Och det var därför de heller aldrig skulle kunna utmana honom. Bara han nu lyckades ta sig ur den här skiten. Det såg inte alltför ljust ut. För han insåg ju att han mot sin vilja var insyltad upp till hakan. Åtminstone enligt lagens sätt att se på det.

Fan också, en sådan jävla skit han hamnat i. Den värsta hittills, faktiskt. Och hans liv som börjat se så ljust ut. Nya stålar rullade in, skattmasen höll sig borta, hans planerade utvidgning låg alldeles om hörnet. Det var bara lagen om alltings jävlighet, eller vad det nu kallades.

Alain drog ett par intensiva bloss på sin Winston, innan han slängde ut fimpen på gatan, slog igen bildörren och körde iväg. Ville bara komma bort och få tänka. Körde i riktning norrut, på det håll han snabbast skulle komma ut ur Paris. Tog tunneln under Saint-Denis, det var glest mellan bilarna, och han körde långt över den tillåtna hastigheten. Bestämde sig i sista sekund för att svänga av vid Stade de France, och tvingades i det närmsta tvärbromsa för att klara av kurvan på avfarten, innan han körde vidare, längs riksväg 1 genom Paris norra förortsbälte. Han noterade klungorna av billösa satar som stod och väntade på bussen framför de gråsjaskiga husfasaderna, nersvärtade av bilavgaser.

När han precis kört förbi Sarcelles skyline av kroniskt identiska, vita höghus fick han syn på en grusväg in till höger, genom ett vildvuxet fält. Vägen såg inte ut att leda någonstans, så han gjorde en tvär gir och svängde in. Bilen skumpade långsamt fram genom det nästan manshöga, bruntorra gräset, där också en och annan fröställning från sommarens vildblomster vajade i höstbrisen. När han kommit en bit in på den gigantiska ödetomten – som troligen varit tänkt för arkitektoniska storverk någon gång i tidernas begynnelse, men som för tillfället endast hyste en imponerande kraftledning – lät han bilen glida ut en bit i gräset och slog av motorn. Öppnade bildörren och lät den kylslagna luften tränga in, men satt kvar. Allt var tyst. Ingen syntes till. Han kunde inte ens se riksväg 1 som han kommit ifrån.

Ur jackfickan drog han upp sitt skrynkliga paket Winston, tände den näst sista cigaretten och drog några tankfulla bloss.

Alain försökte lugna sig, andades så djupt och lugnt han bara förmådde, och efter en stund kände han att hjärtat slog långsammare och mera taktfast. Men att få styr på vänsterbenet, som skakade oavbrutet, det var tydligen stört omöjligt.

Han försökte ändå samla tankarna, gå igenom vad som hänt de senaste dagarna, resonera strategiskt. Väga för- och nackdelar, räkna ut vilka hans odds var, försöka läsa polisens tankar.

Efter den där fruktansvärda kvällen, som slutat med att en brödbil med nybakat bröd väckt honom med sitt ilskna tutande klockan åtta på morgonen och han på något obegripligt vis lyckats köra hem, hade det egentligen inte hänt så värst mycket. Förutom att Sylvie naturligtvis varit helt utom sig när han kommit hem – hon hade trott att han blivit rånad eller överkörd, sa hon, och precis tänkt ringa polisen. När han sedan berättat vad som verkligen hänt, hade hon blivit ännu mer utom sig, man hade nästan kunnat tro att det gällde Julie.

– Man skulle ju för fan kunna tro att det var din egen dotter det handlade om! Skärp dig nu, hade han vräkt ur sig.

– Ja men så ung, och på ett sånt sätt ... det är ju fruktansvärt. Hur klarade du av att se det?!

Han hade ryckt på axlarna och sedan bett henne låta honom sova tills han vaknade.

– Men om polisen ringer då? hade hon undrat.

– Och varför skulle polisen ringa? Dom har ju redan pratat med mig hela natten, tycker du inte det räcker? Jag har väl inte gjort nåt heller, eller är det det du tror? Va?

Nej, naturligtvis trodde hon inte det, hade hon försäkrat när hon sett hans ilskna uppsyn, men det kunde ju hända att de ringde i alla fall, man visste ju aldrig, de kanske ville kolla någonting med honom, några detaljer ...

– Du får sköta det som du vill, jag går och lägger mig, hade han svarat, och avslutat konversationen genom att ta trappan upp till övervåningen, där han faktiskt lyckats somna om igen efter att ha svalt ner två särskilt starka värktabletter med en munfull ljummet kranvatten i badrummet. Så hade han stoppat in öronpropparna och faktiskt fått sova ända till lunch, då Sylvie till slut hade väckt honom. Polisen hade ringt. De ville att han skulle komma in igen.

Den där snutgubben var på sin vakt, det märkte han. Nu hade han redan blivit förhörd fyra gånger, och han märkte hur den där polisen lät hans ord sjunka in, hur han prövade dem mot sina olika, motstridiga teorier. Eller var det bara han som blivit nojig? För att han hamnat i något som var alltför komplicerat för honom?

Helvetes jävlar, det här hade han verkligen inte förtjänat. Den här sortens skit hade han verkligen inte bett om att bli inblandad i.

Tvivlet fanns ju också där, gnagandes som en liten ettrig iller. Tanken på att han borde agerat annorlunda fanns där hela tiden. Han hade ju anat vad som var på väg att hända när de båda männen gått uppför trappan. Samtidigt – hur skulle han över huvud taget ha kunnat ana att allting skulle gå så fullständigt över styr? Han hade velat undvika bråk, inte velat lägga sig i. Det var det han fick betala priset för nu. Var det feghet? Eller bara en högst logisk reaktion? Hur som helst skulle de andras skit stå honom dyrt, det var ett som var säkert.

Han drog ett par rejäla bloss och svor till när han kände hettan i pekfingret, cigaretten hade brunnit ut utan att han märkt hur askan fallit ner på bilmattan, och nu var det bara en ytterst liten stump kvar. Han släckte det sista mot dörrkarmen på bilen innan han knäppte iväg den ynkliga lilla fimpen, ut i det vissna gräset.

Alain, du är kung, det vet du. Och du har inte gjort något, det vet du också. Ta det bara lugnt så går allt fint, försökte han intala sig själv. Du har sett för många deckare på tv, det är allt.

Men han kunde inte undgå att märka hur polisen jobbade för att få tidsschemat att gå ihop, eller rättare sagt för att hitta luckorna i det. Det var ju som gudasänt att den där killen, som Alain bara sett ett par gånger tidigare, han med den illa borttagna tatueringen på vänsterarmen, fyllnat till så pass på så kort tid att Alain varit tvungen att köra ut honom på gatan. Dessutom en nästan obegriplig tur att någon i huset mitt emot sett det hela och till och med gått med på att berätta om det för polisen. På så vis fanns det ju ett fullständigt opartiskt vittne som sett honom lämna baren och gå ut på gatan, inbegripen i ett typiskt barbråk, må vara ett ganska harmlöst sådant. Men gubben som sett det hela hade uppenbarligen inte varit lika van vid den här typen av handgemäng som han själv och därmed förstorat proportionerna för polisen, och det var Alain ytterst tacksam över.

Killen som han kört ut hade gått upp i rök, och lika bra var kanske det. De enstaka bargäster från fredagen som polisen lyckats spåra hade uppenbarligen inte haft mycket att berätta. Ingen ville väl bli betraktad som tjallare. Ett gott tecken, tänkte han, även om deras gemensamma vetskap skulle knyta dem samman på ett nytt och inte okomplicerat sätt för lång tid framöver, det insåg han ju.

Och den där finniga lilla Momo-jäveln, hur skulle han tackla honom? Kunde han helt enkelt strunta i honom eller utgjorde han någon form av hot? Alain hade inte sett honom sedan han kommit nerstörtande från rummet på fredagen, en stund före elva på kvällen. Killen hade sett fullständigt sinnessjuk ut, vilket i och för sig inte var vidare konstigt, det insåg han ju sedan. Momo hade varit nära att flyga på Alain men hade fått sig ett sanningens ord, och Alain hoppades att det räckte. För tillfället verkade han ha gått under jorden, och även det var till Alains fördel. Pojkens försvinnande flyttade över en del av fokus på honom, det insåg han, dummare än så var han ju ändå inte. En jävla tur bara att han inte hade hunnit börja sin business med Sami. Det hade säkert polisen snokat reda på och i sådana fall hade han varit körd.

Fan, han skulle aldrig ha låtit Nedjma och hennes ungar bo där. Han borde ha begripit från början att det bara skulle bli bråk. Tonåringar betyder alltid bråk. Nästa gång skulle han ta en pensionär, det var ett som var säkert.

Kontroll. Han hade kontroll över situationen. Och så andades han in så häftigt och så djupt att näsborrarna klibbade ihop av trycket.

Alain slog igen bildörren på nytt och vred om nyckeln. Efter att ha backat upp i gräset svängde han ut på den lilla grusvägen igen, och körde tillbaka samma väg han kommit. Han måste fortsätta som förut. Ingen fick märka hur han egentligen mådde.

Väntan

DET LUKTADE FRITYR i korridoren. Frityr och svett. Som om någon med mycket stor brådska rusat förbi med en rejäl portion pommes frites i näven. Nedjma tittade ner i golvet, försökte följa det oregelbundna mönstret i den flammiga linoleummattan. Hur länge hade hon suttit på den här bänken? En kvart, kanske? Eller dubbelt så länge? Hon hade förlorat begreppet om tiden, och det störde henne inte. Snarare tvärtom. Det kunde vara en lättnad att inte längre vara förankrad vid timmar och minuter, hade hon insett.

Tidigare på eftermiddagen hade en poliskvinna ropat upp hennes namn ute i entréhallen och bett henne följa med, för att därefter lämna henne här, ännu en bit närmare målet. Det var ungefär som på sjukhuset, tänkte Nedjma. Först väntade man i det stora väntrummet, sedan blev man ledsagad in i ett undersökningsrum – bara för att överges och på nytt få vänta långa minuter på en läkare som plötsligt dök upp, just som man hade slutat hoppas.

Poliser gick förbi henne i korridoren, vissa med energiska steg och en pärm fastklämd under armen, blicken vilande på ett fjärran mål, ett gripande eller kanske en befordran. Andra snarast strosade, med senapsgula kaffemuggar i händerna.

Det gjorde henne inget att hon fick vänta. Väntan var hennes liv, det enda som uppfyllde det numera. Väntan på att Momo skulle komma tillbaka, på att polisen skulle hitta dem som tagit Fathias unga, spröda liv. Väntan på att ... på att väntan skulle ta slut. På att allt skulle upphöra, förvandlas till ett vitt, bländande ljus där det varken fanns känslor eller rädslor. Där man inte kände hunger, inte frös, inte oroades. Där ingenting var över huvud taget. Det var dit hon ville helst av allt.

Hon ville bara slippa vara. Flera gånger den senaste tiden hade hon känt så. Varit frestad att ge efter. Släppa taget om den ynkligt bräckliga lilla tråd som fortfarande förband henne med något slags liv. Hon hade liksom förbrukat förrådet av livstimmar som hon fått sig tilldelat. Gjort allting så fel som man bara kunde. Och hon längtade efter att få ge tillbaka, betala tillbaka med sitt eget liv. Inte för att det var värt särskilt mycket längre, nästan ingenting. Men det var det enda av något slags värde som hon fortfarande förfogade över, må vara ömkligt och i stort sett bara värt förakt.

– Madame?

En okänd röst förde henne tillbaka till den slitna korridoren på polishuset.

– Är allt som det ska, madame?

Nej, allt är så fruktansvärt fel som det bara kan vara, tänkte Nedjma för sig själv, samtidigt som hon gav polismannen den nick som förväntades av henne. Inte blanda in okända i sin egen olycka. Hålla masken. Ibland kunde det vara skönt också.

– Kommissarien tar emot er nu.

En dörr snett till vänster i korridoren hölls upp för henne, och hon steg in, satte sig i besöksstolen som mannen bakom skrivbordet anvisade henne.

Det var något bekant över kommissarien. Så insåg hon att det ju var han som förhört henne på kvällen, den kvällen.

– Hur mår ni, madame Benhaoui?

Hon ryckte vagt på axlarna. Vad trodde han?

– Jag förstår att det är svårt för er. Om ni vill finns det hjälp att få. Nån att tala med. Det kan vara bra i såna här situationer att …

– Nej tack. Det behövs inte.

Hur kunde han tro att det fanns hjälp? Att det fanns bot för det som hänt? Och varför skulle hon vilja bli botad? Det vore faktiskt alldeles för enkelt. Och framför allt det yttersta sveket mot Fathia.

– Som ni vill. Men ändrar ni er så vet ni, fortsatte kommissarien, och gav henne en papperslapp med telefonnummer och mejladresser som hon enbart av artighetsskäl stack ner i axelväskan. Hon tänkte kasta den så fort hon kom ut därifrån. I första bästa papperskorg.

– Vad har ni fått veta? frågade hon i stället, för att byta spår.

Det var ju ändå därför hon var där. Inte för att få medlidande av en okänd, som i alla fall inte hade en aning om vad hon gick igenom.

– Ja, vi följer en del spår, men i dagsläget har vi tyvärr inte så mycket konkret att komma med. Det finns väldigt få vittnen till …

– Vittnen? Ni menar folk som var … som var med när …

Det var svårt nog att sitta här igen, på samma besöksstol framför samme man som den natten. Hon kände illamåendet stiga i halsen.

– Nej, naturligtvis inte. Jag menar personer som kan ha sett eller hört nåt, gjort observationer, i anslutning till platsen, vid tidpunkten för brottet, Tyvärr är vittnesuppgifterna få.

– Sitter ni här och försöker säga att ni aldrig kommer att få fast dom?

Nedjma blev själv förvånad över den plötsliga aggressiviteten i hennes egen röst.

– Nej, madame, det säger jag inte alls. Vi ser med största allvar på det som hänt, och sätter till alla resurser vi kan för att hitta och gripa förövarna. Men i nuläget kan jag tyvärr inte ge er mer information än så här.

– Är det därför ni kallat hit mig? För att berätta om ert "nuläge"? Berätta att ni inte vet nåt?

Hon kände inte igen den gälla, skarpa rösten som tydligen var hennes egen. Men hon insåg att hon faktiskt, hur befängt det än verkade, hade gått hit med någon form av hopp, och att det hoppet nu var på väg att slockna helt.

– Jag ville prata med er igen för att höra om ni kanske kommit på nåt mer. Om detaljer kommit upp. Det är ofta så, att man minns mer och mer när den första chocken lagt sig.

Vad mer kunde hon säga? Vilka detaljer ville han att hon skulle berätta om? Tårfläckarna på Fathias gröna jacka? Smaken av den allra sista gallan när det inte finns något mer att kräkas upp men kroppen envisas med att fortsätta, i sitt fåfänga försök att bli ren, bli fri? Känslan av sandpapper i munnen när man tvingar sig själv att äta, bara för att?

Så pratade de om Momo. Hon fick känslan av att kommissarien trodde att hon varit i kontakt med honom. Det gjorde henne upprörd, även om hon lade band på sig själv för att inte visa det. Hon skulle ha varit den första att berätta om han kommit till rätta. Han var ju den ende, hennes enda chans att kanske få göra någonting lite rätt innan hennes tid var ute. Det var det enda hon ville, få möjligheten att kanske, kanske gottgöra honom något lite för det onda som drabbat dem, drabbat honom, deras familj.

– Jag vet inte var han är. Han har inte hört av sig. Ingen skulle bli gladare än jag om han kom till rätta, kommissarien. Han är det enda jag har kvar.

Så reste hon sig, han hejdade henne inte. Hon bländades av det oväntat starka solskenet när hon kom ut på gatan igen. De högg som knivar, ljusstrålarna, och Nedjma kände ögonen tåras.

Borta

PIZZAN VAR KNAPPT LJUMMEN, bottnen hade hunnit bli disktrasemjuk och osten seg som tuggummi, men Momo stoppade ändå girigt i sig. Hans käkar rörde sig mekaniskt upp och ner, och när han gjorde ett kort uppehåll i tuggandet var det bara för att hälla i sig ett par klunkar Cola från en och en halvlitersflaskan som Farid ställt mellan dem på mattan.

Inte förrän han ätit upp drygt halva pizzan öppnade han munnen för att tala.

– Säkert att du inte vill ha en bit?

Farid skakade på huvudet.

– Jag äter sen. Morsan blir alltid sur när jag inte äter hemma, du vet. Och du verkar ju hungrig.

– Om du säkert inte ska ha, sparar jag resten, sa Momo, och sköt undan den flottfläckiga pizzakartongen.

– Det är lugnt.

De satt tysta en stund. Momo tittade bort mot det lilla fönstret, men det satt alldeles för högt för att han skulle kunna se mer än de regngrå molnen så länge han inte reste sig upp. Det var väl inte meningen heller, att någon skulle titta ut. Det här var ju bara ett vindsförråd.

– Vad tänker du göra?

Momo vred på huvudet och tittade på sin vän, men svarade inte. I stället satte han händerna för ansiktet, lutade armbågarna mot sina uppdragna knän.

– Hon var så fin, Fathia. Min egen lilla lillasyster.

Han grät stilla.

– Fan, Momo, jag förstår ...

– Du förstår inte alls.

Han tittade stint, nästan hårt på Farid.

– Jag är ledsen, Farid, men du förstår inte ett jävla dugg. Du kan inte förstå. Och var glad för det. Jag hoppas du aldrig kommer att behöva förstå, att du aldrig kommer att tvingas se din egen syster ...

Tårarna tog över och Momo kröp ihop, lade sig på sidan på den fläckiga mattan som nog inte dammsugits på mycket länge.

– Men du måste göra nåt. Ska du inte gå till polisen ändå?

– Och säga vad då?

Momo såg upp och torkade av snoret på tröjärmen.

– Jag såg ju ingen där. Det var ju bara han kuksugar-Alain som stod nere i baren när jag kom.

– Jamen, du kan väl berätta om den där typen som var på Fathia för några veckor sen. Berätta om Alains skumma affärer. Förklara att han säkert vet vilka dom där typerna är.

Momo ryckte på axlarna.

– Farid, du gör mig besviken. Inte trodde jag att du var så naiv.

– Jamen, du kan väl anmäla honom anonymt då, om du tror det är bättre?

– Tror du verkligen inte att polisen känner till Alains affärer redan? Det vet man väl hur polisen är. Jävla rövslickare allihop. Man fattar ju att han har kontakter som tror det han vill att dom ska tro. Han sa det ju själv till mig: ”Passa dig, din lille arabbög och ge ...”

– Sa han arabbög? Det var fan i mig...

– Precis så sa han, jag svär. ”Passa dig, arabbög”, sa han, ”och ge fan i att gå till polisen. Drar du in mig i det hela ska jag se till att dom syr in dig så det ryker om det.” Och sen: ”Du har inte sett ett skit, grabben. Inte ett skit”. Som om det var nån jävla maffiamovie.

– Men du har ju inte gjort nåt, fy fan...

– Dom har säkert procent, snutarna. Annars skulle han väl inte få hålla på som han gör. Som det där jävla hotellet. Det kan väl inte vara lagligt att hyra ut såna rum till folk? För skitmycket pengar, dessutom. Vet du att han bara skriver kvitto på typ hälften? Så det ser ut som om det var mycket billigare att bo där än vad det är. Mamma har aldrig sagt nåt, men jag har själv sett hennes kvitton.

Han tittade mot det lilla fönstret på nytt, innan han fortsatte.

– Han är jävligt korkad, gubbfan, men dum är han inte. Ett riktigt förbannat as är det, som sitter där i sin fucking förortsvilla och dricker champagne med frun, ligger och pöser i poolen och super sig full för mammas pengar och alla pengar han snott från alla andra stackars satar som inte har något val. Sitter där och grillar fläskkotletter med sin fru och sin fula dotter som han köper bilar till, sitter där och gnager på benen och gör inte ett skit för att polisen ska sätta fast dom som, dom som...

Som en blixt reste han sig upp, och med en välriktad spark välte han den avskavda stolen som stod med ryggstödet mot väggen. Tvärslån hade suttit löst redan innan, men nu ramlade den av med ett lätt skrammel.

– Momo, försök lugna dig...

– Varför ska jag lugna mig!?

Han gav den omkullvräkta stolen dödsstöten med högerfoten. Ena benet knäcktes.

– Hela livet har jag lugnat mig och gjort som alla sagt åt mig: gått i skolan, inte käftat med lärarna, inte bråkat med snuten, inte hållit på med nån skit alls – och vad har jag för det? Vad har jag för det? Svara mig!

Han grep tag i Farids jackkrage och skakade honom som om han varit ett plommonträd.

– Fan Momo, du måste lugna dig, så här kan du inte hålla på. Du mår ju inte bra.

– Hade du mått bra om nån hade våldtagit din lillasyster? Va? Gjort såna jävla vidriga grejer med henne så hon dött av det? Hade du det? Svara mig!

Så släppte han Farid men stod kvar på golvet, andades tungt men jämt. Likt en brottare som väntar på att nästa rond ska börja.

– Jag tänkte ju bara gå en sväng, det vet du, jag skulle ju bara gå och kolla på Cédrics nya cykel, jag hade ju tänkt gå hem igen sen. Fan så dum man kan vara, jag kunde ju inte tro att sånt kan hända, det var bara en stund, och Fathia var sur, skällde på mig, men jag såg att egentligen var hon rädd, du vet man ser det på ögonen, och ändå tänkte jag hon överdriver, på en kort stund händer inget, jag sa till henne att jag kommer strax tillbaka, bara en liten st…

– Momo, du får inte ge dig själv skulden…

– Det ska inte du lägga dig i! Jag har väl för fan rätt att tänka! Jag lägger skulden på vem jag vill!

Tårarna rann utför hans kinder när han slängde resterna av stolen i väggen.

– Momo, ta det lugn, tänk om nån hör. Du måste vara försiktig, annars kan nån komma på dig, fattar du?

Momo sjönk ihop framför stolsresterna, låg på knä framför de svarvade träbitarna som en gång varit målade i ljusblått.

– Du, Momo, jag måste gå nu, jag måste verkligen det. Kan jag göra nåt för dig?

Momo reste sig upp, mödosamt den här gången. Så gick han bort till dörren och kramade om sin vän.

– Hur länge kan jag stanna här?

– Så länge du vill. Min kusin kommer inte tillbaka på flera månader och ingen annan brukar komma hit. Men tror du inte det är bättre om du går hem igen? Din mamma måste vara helt hysteriskt orolig.

– Jag kan inte, du måste förstå.

Farid nickade, men utan någon större entusiasm.

– Gör inget dumt, Momo. Jag kommer tillbaka så fort jag kan. Jag ska försöka ta med mig lite mat hemifrån nästa gång. Visst gillar du aubergine?

En plats att vila på

– HOPPAS DU KAN GÖRA DIG hemmastadd så gott det går. Det är inte stort, men utsikten är ganska fin, tycker du inte?

Marie förde Nedjma bort till fönstret. Grannfastigheten mitt emot var ett par våningar lägre och därför kunde man för ovanlighetens skull se vidare, bort över de gråskiftande taken. Och man såg verkligen långt, i klart väder kunde man till och med ana konturerna på den vita triumfbågen i affärskvartetet La Défense, berättade Marie. Fast i det här gråvädret fick man nöja sig med Panthéons kupol, samt några kyrkspiror som Nedjma inte kunde lokalisera på sin inre Pariskarta.

– Det är så fint här...

Marie log. Ett sådant där solgult leende som får en att tänka på sommaren.

– Jag sätter på lite kaffe och ser om det finns nåt att äta, så kan du packa upp under tiden.

Och så försvann Marie ut i köket.

Packa upp, det var väl ändå att ta i, hon bar ju själv upp min väska, tänkte Nedjma, och kände ett sting av irritation mot kvinnan med det perfekta leendet. Ett sådant där som programledarna på tv hade.

Hon lade sig på sängen, stirrade upp i taket och lät tårarna komma. Hon hade börjat lära sig att hushålla med dem, ta kontrollen över dem. Men när ögonen varit torra alltför många timmar kändes det som om fördämningarna skulle brista. Så fort hon blev ensam lät hon dem därför svämma över, lät tårarna flöda, rinna ljudlöst utför kinderna, nedför halsen. Lät sorgen välla upp och forsa fram ännu en gång, för att tillfälligt göra plats åt ett uns kraft, så att hon kunde ta sig fram till nästa tillfälle då hon kunde låta smärtan ta över.

Monsieur Arnauds hotell hade hon lämnat. Det var helt omöjligt för henne att stanna kvar. Hon skulle aldrig mer kunna lägga sig i sängen som hon delat med Fathia. Och vad skulle hon förresten ha betalt hyran med? Städvikariatet hade inte förlängts sedan hon uteblivit flera dagar efter Fathias död.

Efter en stund märkte hon att tårflödet stannat av och hon började se sig omkring. Visst, rummet var inte vidare stort, precis som Marie sagt, men trivsamt. Under alla omständigheter inte mycket mindre än det hon och barnen levt i. En småblommig men mycket diskret tapet täckte väggarna, och det var inte någon gammal, fuktskadad utan en tapet som valts med omsorg och som satts upp för inte alls många år sedan. Vid rummets ena kortsida stod ett stort och välpolerat klädskåp med spegel i ena dörrhalvan, och därinne hängde galgar, färdiga att tas i bruk. Framför fönstret stod ett litet bord med en skrivbordslampa av grönt glas, sådana som man brukade se i engelska filmer, tänkte hon, och en stol i mörkt trä, med rundade och generösa armstöd. Bredvid fönstret fanns en bokhylla med nästan enbart pocketböcker, och i taket hängde en lampa som mer liknade en tygmobil i bleka pastellfärger. Hon strök med handen över sängen och kände på det handvirkade överkastets ojämna yta. Det var nog Maries mormor som gjort det, tänkte hon. Varifrån hon fick den tanken visste hon inte, men den ingav henne lugn. Hon satte sig upp något, stödd på ena armbågen. Överkastet bestod av flera virkade blommor som sedan fogats samman, och inne vid väggen låg tre ullkuddar i olika grå och beige nyanser, som såg ut att komma från något land i Sydamerika.

Så fint och så skönt här var. Och så bortkommen hon kände sig. Så liten och avig där på den mjuka och renbäddade sängen. Så obekväm inför bokhyllan med böckerna som hon inte trodde att hon skulle våga dra ut och läsa, och så dum och rastlös hon skulle känna sig när hon satte sig vid skrivbordet. Så ombonat. På ett sätt som de aldrig haft det på hotellrummet. Insikten om att hon aldrig någonsin skulle få möjligheten att ge Fathia ett riktigt hem var outhärdlig, och i stället för att tänka tanken fullt ut, knuffade hon bestämt tillbaka den till dess mörka hål och gick och öppnade väskan. Ett par långbyxor och en kjol, två blusar, tre t-shirts och tre tröjor. Lite underkläder. En hårborste och en tandborste. Och så påsen med Fathias jacka. Den släppte hon inte. Även om den aldrig använda höstjackan hunnit bli fläckig av hennes snor och hennes tårar fortsatte hon att bära den med sig i den vita plastpåsen. Och varje gång hon flyttade till ett nytt ställe var hon noga med att packa upp den. På så vis kändes det lite grand som om hon gav Fathia jackan, gång på gång.

Det tog henne ungefär en och en halv minut att tömma väskan. Så mycket hade hennes liv krympt. Krympt till en handfull urtvättade kläder. Var fanns meningen? Hon funderade en stund över varför hon inte satte stopp för det hela, en gång för alla. Hon om någon hade sina skäl. Ingen skulle undra eller ens tycka att det var underligt.

Först hade hon tänkt att hon måste kämpa vidare för Fathias

skull. Se till att hennes banemän fick sitt straff. Men för varje dag som gick sjönk förhoppningen om rättvisa ännu en grad. Polisen verkade ju inte komma någon vart. Kanske de till och med hade börjat släppa ärendet, det kändes nästan så. Hon skämdes över att hon inte hade kraft nog att vara mer krävande, mer envis.

Men hon visste ju varför hon ändå tvingade sig själv att orka, varför hon ändå inte slöt ögonen på nytt när hon vaknade på morgonen. Momo. Någonstans därute fanns han. Varför han höll sig undan hade hon ingen aning om, hon förstod bara att det inte var ett gott tecken. Inte gott alls. Men så länge han kunde behöva hennes hjälp, måste hon finnas där för honom.

Då stod Marie i dörröppningen. Lutade sig mot dörrposten.

– Jag har gjort några smörgåsar till oss och kaffet är också klart. Kom så ser vi till att få nåt att äta.

Nedjma följde henne mekaniskt ut i det lilla ljusa köket som gick i blekgrönt och gult, och där Marie fällt ner det väggfasta bordet med plats för precis två personer.

Det var så det varit den senaste tiden. Människor tog hand om henne, fattade beslut åt henne, packade hennes kläder, lagade mat åt henne. Det var skönt, men samtidigt så ovant och något som inte kunde hålla på i det oändliga, det insåg hon ju.

– Hoppas att du ska kunna trivas nåt så när i vårt gästrum.

– Det är väldigt fint, verkligen, upprepade Nedjma, och kände ett stygn av en sorts tacksamhet som hon inte riktigt tyckte om, som var ansträngande att bära.

– Jag vet inte hur jag ska kunna tacka…

– Du ska inte tacka för nånting, svarade Marie resolut. Det finns ingenting att tacka för. Vi har ett rum som står tomt; du behöver nånstans att bo. Enklare än så kan det inte vara. Du stannar så länge du vill och behöver. Du är inte den första och inte heller den sista som kommer att bo i det där rummet en tid, ska du veta. Och förresten skulle du själv ha gjort samma sak, eller hur?

Nedjma nickade tyst, visst var det så. Hon hade alltid fått lära sig att dela med sig. Det var bara det att det kändes så ovant, så overkligt att sitta där i köket hemma hos en... Tanken tog sats, till sist erkände hon sina tankegångar för sig själv: hemma hos en fransk kvinna, en vit kvinna. Det var det som besvärade henne, insåg hon med ens. Det här var faktiskt första gången hon stigit över tröskeln till en vit fransmans hem, och nu skulle hon till och med bo där en tid. När hon väl kommit på vad som var haken, blev det med ens så mycket lättare att hantera situationen, samtidigt som hon kände sig lite skamsen över sin egen reaktion. Dels för att den bottnade i ett tydligt mindervärdeskomplex. Dels för att den visade att hon var oförmögen att identifiera sig med en vit kvinna. Och dessutom insåg hon att hon innerst inne inte trott vita fransmän om att kunna vara osjälviskt gästfria.

– Vill du inte ha en smörgås till?

– Jo tack, det smakade gott.

Den här gången log Nedjma och tittade Marie rakt in i ögonen när hon tog en av baguettebitarna med ost – den största – från fatet som Marie sträckte fram.

Hon kände att hon faktiskt tyckte om den okända kvinnan som hon träffat för första gången en och en halv timme tidigare.

– Aïcha har förklarat din situation för mig. Hela din situation, fortsatte Marie, och Nedjma undrade tyst vad ”hela” egentligen innebar, men hon sa inget utan lät Marie ge sin version av hennes eget liv.

– Jag känner självklart till det som hände Fathia, och jag har förstått att din son fortfarande är försvunnen. Och Aïcha har berättat för mig var ni bodde. Det där hotellet skulle jag vilja jämna med marken, så många som bott där under så eländiga omständigheter. En återvändsgränd är vad det är.

– En återvändsgränd?

– Ja, både vårt nätverk och Aïchas grupp har försökt etablera kontakt med många av dom som bott där. Men du vet ju själv hur otroligt sårbar man är i en sån situation, det är fullt förståeligt att många inte vågar engagera sig eller ens ta kontakt med nån som kanske skulle kunna hjälpa dom. Omsättningen på folk har i alla fall varit hög sen den där Alain tog över, och dom flesta som flyttat därifrån har vi förlorat kontakten med. Men på omvägar har vi hört ett och annat, och det är oftast inte särskilt upplyftande. Förra året anmälde jag faktiskt Alain till skattemyndigheten, men du vet, ibland mal byråkratins kvarnar långsamt.

Marie slutade prata och fyllde på kaffe i kopparna. Nedjma hade en känsla av att hon inte ville fortsätta berätta. Så hon bestämde sig för att tiga och stint borra blicken i Marie.

Hennes taktik fungerade. Efter ett par minuters tung tystnad suckade Marie djupt och fortsatte.

– Ja, en familj fick faktiskt en trea …

– Den historien har jag redan hört, avbröt Nedjma henne. Jag vill veta vad som hände med dom andra.

– Jo, som sagt, i dom flesta fallen vet vi inget alls. Men en familj hamnade i ett ockuperat hus i Saint-Denis, ett om möjligt ännu värre råtthål än Arnauds hotell, en halvtrappa ner med stampat jordgolv som i en källare och med råttor som knaprade på allt ätbart dom kom över. En kvinna, som var ensam med sina barn precis som du, blev vräkt för jag vet inte vilken påhittad anledning, och eftersom hon i samband med vräkningen inte kunde gå och arbeta på några dagar, förlorade hon dessutom sitt jobb. Och sen, ja, så småningom omhändertog socialen hennes båda barn, eftersom kvinnan var arbetslös och inte hade nånstans att bo och barnens far gått upp i rök. Och så hamnade barnen i fosterfamiljer medan kvinnan fick plats i ett delat rum på ett härbärge…

– Och dom andra?

Marie satte ner koppen. Stirrade tomt framför sig under några sekunder. I tystnaden kunde Nedjma höra hur någon i lägenheten under taktfast körde runt med dammsugaren.

– Minns du hotellbranden bakom Galerie Lafayette en natt för ett par år sen? En gammal elledning som det blev kortslutning i och som satte eld på hela fastigheten? En av familjerna från ditt hotell hade hamnat där. På femte våningen. Det var naturligtvis trätrappa i huset. Dom kunde inte ta sig ut, trappan var redan övertänd när dom försökte. När brandkåren kom fram hade dom kvävts av röken.

Nedjma såg att Marie var alldeles blank i ögonen. På något underligt sätt gav det henne själv ork att spjärna emot tårarna.

– Sista gången jag träffade dom var bara en vecka innan det hände. Youma, som mamman i familjen hette, var så glad. Äldsta dottern hade just klarat sin studentexamen. Kan du tänka dig vad det innebar för den här kvinnan? Ja, du om nån kan nog det, svarade Marie på sin egen fråga, och tittade ner i kaffemuggen.

– Hennes man sopade gatorna i Paris medan hon försökte fostra dom tre barnen i kyffe efter kyffe. Och nu hade äldsta dottern tagit studenten, den första nånsin i sin släkt. Jag minns att jag hade en bok med mig till flickan, en bok av Marguerite Duras som jag själv älskade när jag var i hennes ålder. Hon blev glad.

De åt upp sina smörgåsar och drack ur kaffet under tystnad. Just då kändes det som om det inte fanns något mer att säga.

Sedan reste sig Marie och drog ut en låda i en gammal skänk bredvid spisen.

– Här får du en nyckel, Nedjma, så att du kan komma och gå som du vill. Den går till porten också, så det är ingen fara om du skulle glömma bort koden. Juan får du träffa i kväll, han brukar vara hemma strax efter sju. Ja, han vet självklart om att du är här, tillade Marie när hon såg Nedjmas frågande blick.

– Och tacka mig inte, fortsatte hon, när Nedjma öppnade munnen för att säga något. Du har inte någon att tacka för något. Det är vi andra som borde försöka gottgöra det lilla som går.

Nedjma vågade inte avbryta när hon såg ilsketårarna i den andra kvinnans blekblå ögon.

– Visst kan man säga att det är samhällets fel. Samhället som inte kan ordna ordentliga bostäder åt människor, samhället som inte ser till så att barn i det här landet får växa upp under anständiga förhållanden, samhällets fel att alla barn fortfarande inte har samma möjligheter att lyckas här i livet, att kvinnor och män sliter ut sig i förtid. Men samhället är faktiskt vi själva som lever i det. Det är vi tillsammans. Samhället är inte nåt slags bollplank för obekväma sanningar som man kan gömma sig bakom för att i lugn och ro fortsätta med sitt eget lilla liv, avgjorde Marie, nästan andfådd på rösten.

– Och det är inte syndabockar man väljer när man går och röstar, utan nån man tror delar åtminstone en del av ens ideal.

Så hejdade hon sig och log.

– Nu börjar jag igen. Juan orkar inte med mig när jag sätter igång. "Nu har nån slagit på åsiktsmaskinen igen", brukar han säga. Så jag antar att jag passar på när det kommer en ny, intet ont anande stackare hit. I mitt jobb som lärare måste jag ju vara så förbaskat opartisk och objektiv hela tiden, det är väl därför jag tar igen det på hemmaplan.

Hon skrattade, och Nedjma insåg att hon tyckte om hennes skratt också. Det fick henne att tänka på Fathias, utan att det för den skull var alltför likt.

Det här var en plats att vila ut på, det kände hon. Tids nog måste hon ta itu med sitt liv, sina demoner, men hon skulle försöka göra vistelsen hos Marie och Juan till en ljus och välstädad tidsfrist, med ostsmörgåsar och mjuka sängtäcken.

– Nu ska jag låta dig vara ifred, jag har en del saker att ordna. Ta för dig av vad som finns i köket, känn dig som hemma. Vi ses i kväll, vi brukar äta middag när Juan kommit hem.

Och så slängde Marie på sig sin beige poplinrock, klämde fast den välnötta skinnportföljen under armen och försvann ut.

Pressad

– MEN VAD ÄR DET MED DIG?

Sylvie stirrade på Alain, som precis vräkt sin älskade espressomaskin i köksgolvet så att två av klinkerplattorna spruckit.

– Vad håller du på med?!

– Det ser du väl vad jag håller på med, det ser väl bara ut som en sak? Ser det ut som om jag matar duvor, eller? Va? Svara mig då!

Han tog ett par snabba steg i hennes riktning – bröstkorgen framskjuten, nävarna knutna, övre tandraden blottad. Han såg så ursinnig ut att hon började gå baklänges ut i vardagsrummet.

– Du är ju inte riktigt klok. Jag förstår att det måste ha varit hemsk med det där som hände på hotellet, men nu får du ta och lugna ner dig. Så här brukar du ju ändå inte hålla på...

– Vad då "ändå"? Vad menar du med det? Så du går här och lider med mig varje dag, är det vad du säger? Varför har du inte klämt ur dig det tidigare, i så fall? Hur kul tror du att du själv är, va?

– Men, Alain, sluta nu, jag förstår inte vad som farit i dig. Varför hade du sönder kaffekokaren?

– Det är för fan ingen jävla kaffekokare, det är en espressomaskin! Fatta det för en gångs skull! Och du, jag har faktiskt betalt den själv, om det är så att du kanske inte minns det, så det är väl min ensak vad jag gör med den.

Vid det här laget hade Sylvie retirerat så pass mycket att hon stod bredvid vitrinskåpet, med ryggen mot väggen. Alain ställde sig alldeles intill, så nära att de kunde känna varandras andedräkt. Med vänster hand på skåpet och den högra mot väggen blockerade han vägen för henne.

– Du ska sluta att irritera mig nu, hör du det? Dumma, jävla fruntimmer!

Han lyfte armen snett över huvudet, som när man tar sats inför ett slag. Så lät han armen falla och lämnade snabbt rummet.

Han öppnade ytterdörren och kunde redan höra Sylvies nästan ljudlösa hulkande – hon visste att han avskydde när hon grät, och han förstod att det var därför hon försökte hålla tillbaka gråten tills han var utom syn- och hörhåll. Som om han inte hörde det ändå. Jävla kossa. De var ett sådant tecken på svaghet, de där illa återhållna tårarna. Att hon inte kunde hålla emot ens en minut, tills han hunnit utanför dörren.

Och vad skulle det över huvud taget tjäna till att ta till lipen? Det hade han aldrig förstått. Inte heller varför kvinnor tycktes tro att det var något slags hemligt vapen, det där gråtandet. Som om det skulle få dem att framstå som mer sårbara och därför mer attraktiva. Pyttsan.

Inte ens när han sett Fathias kropp på hotellrummet hade han börjat gråta. Men det hade inte varit långt ifrån att han kräkts i köksvasken efteråt, för synen hade gjort honom rejält illamående. Om det var flickans kropp eller rädslan han känt som fått honom att må illa. hade han dock inte kunnat avgöra. Kanske båda delarna.

Han slet upp bildörren och körde iväg med en rivstart. Det gick aningen för fort, ena framdäcket studsade mot trottoarkanten.

En enda kvinna hade Alain känt i sitt liv som aldrig grät. Ivanova hade hon hetat. Varit från forna Jugoslavien någonstans. Julie hade varit ganska liten då, han hade träffat Ivanova på en bar i närheten av rådhuset en kväll, och sedan hade de umgåtts från och till i över ett halvår. Aldrig att hon fällde en enda tår, för någonting.

”Jag har gråtit färdigt”, hade hon förklarat för honom med rösten full av förakt, en kväll när hon ville vara ifred och sova men han tvingat sig på henne. Den där iskylan hade gjort honom rädd, men samtidigt hade han funnit den oerhört tilldragande. I det ögonblicket hade han kunnat göra vad som helst – råna en bank, lämna sin familj, flytta till andra sidan jordklotet – för att få behålla henne för evigt. Men han hade aldrig träffat henne igen. ”Jag vill att du går nu”, hade hon sagt medan hon tog på sig morgonrocken. Och hon hade sett så beslutsam ut när hon hållit upp dörren för honom att han inte kommit sig för att argumentera emot.

Sedan hade han ringt henne flera gånger, men hon hade lagt på varje gång. Han hade skickat blommor, hade till och med skrivit ett kort... Han skämdes fortfarande vid tanken, så här flera år efteråt. Men han hade aldrig fått något svar. Och något hade fått honom att avstå från att söka upp henne i hennes lägenhet, något sa honom att han borde hålla sig därifrån.

Det fanns dock stunder då han fortfarande kom på sig med att sakna henne. Då han kunde tänka att han borde handlat annorlunda.

Alain parkerade ett kvarter från det egna hotellet. En liten säkerhetsåtgärd som han var småstolt över. Skulle det uppstå bråk och någon ville hämnas på honom direkt var det ändå bra om bilen inte stod precis utanför fönstret, enligt Alains egen strategi.

Det var lördag, normalt sett åkte han inte hit på en lördag, och mannen som ersatte honom bakom bardisken såg förvånat upp när Alain kom in.

– Du kan gå nu, jag tar över själv.

– Men jag jobbar ju till sju, svarade mannen förvånat.

– Hörde du inte vad jag sa: du kan gå nu! Sticka, dra!

Mannen tittade på hans utsträckta arm som pekade i riktning mot ytterdörren och sa inte emot.

– Ska jag komma i morgon, då? frågade han bara.

– Brukar du inte vara här på söndagarna, va?

– Jo, men jag tänkte, eftersom...

– Du är allt en trögtänkt jävel...

– Du, Alain, jag går nu.

Och så skyndade sig mannen ut genom dörren, medan han skakade på huvudet för sig själv.

Det hade varit lugnare än vanligt sedan det där med Fathia hände. Flera av hans stamkunder hade försvunnit, och det var väl egentligen bara Rachid som fortsatte att komma lika troget som förut. Också den här lördagseftermiddagen halvlåg han i sitt vanliga hörn vid bardisken och log för sig själv, som om han dagdrömde.

Alain avbröt honom inte i hans tankar. Han var ganska nöjd med att få stå där bakom disken och se ut över tomheten och tystnaden, eller rättare sagt bristen på ljud, som bara uppstår i lokaler där det annars brukar vara stimmigt. Det blir som ett hål i luften när ljuden upphör, funderade han och lutade armarna mot bardisken.

– Polisen var här, sa plötsligt Rachid utan att titta på honom.

– Polisen? Jaha, svarade Alain svävande.

– Dom ville prata med dig.

Den här gången vred Rachid huvudet något och sneglade på Alain. För att se min reaktion, tänkte Alain och blev åter rejält irriterad.

– Jaha, då får dom väl ringa, eller komma tillbaka, jag har annat att göra än att ränna efter snuten.

– Ja, det var precis vad jag sa också.

– Du sa vad då?

– Ja, att dom väl fick ringa. Fast jag vet inte om dom lyssnade på mig.

– Det gjorde dom säkert inte, så mycket som du svamlar.

Alain försökte verka oberörd och började polera bardisken med så långsamma och jämna rörelser han bara kunde, men han hade svårt att behärska sig. Helst av allt hade han velat slå in tänderna på Rachid, aldrig någonsin hade han känt sig så provocerad av hans flinande nuna som nu. Vad är de ute efter? Han attackerade en särskilt svårhanterlig ring från ett ölglas. Är det nån som har sagt nåt? Han gned bort ett par intorkade vinfläckar. Vad skulle nån ha kunnat säga om mig? Han gnuggade på en ansamling fingeravtryck som sannolikt förstärkts av fettet från saltade jordnötter.

Han väntade på att Rachid skulle fortsätta, men han hade sjunkit tillbaka in i sin egen tystnad. Huvudet försvann allt längre ner mellan axlarna i takt med att minuterna gick.

– Dom sa inte när dom skulle komma tillbaka? frågade Alain till slut när säkert tio minuter hade gått, bardisken blivit så minutiöst avtorkad att han till och med kunde se rakbladsärret under näsan när han speglade sig i den gulglänsande metallen och kände att han bara inte stod ut längre.

– Va? sa Rachid, som försvunnit långt bort i tanken sedan deras samtal tynat bort en stund tidigare.

– Polisen, sa dom nåt om när dom skulle komma tillbaka?

Rachid ryckte på axlarna till svar.

– Du Alain, du är bussig och fyller på, va?

Och så föste han fram sitt tomma glas, där endast lite stelnat ölskum satt kvar längst upp på insidan.

– Jo, förresten, dom frågade om nån hade sett till han Momo, tillade Rachid och blev plötsligt aningen rakare i ryggen, som om han sett en uppenbarelse.

Jag måste ta mig ur det här på något vis, tänkte Alain medan han tappade upp ölen. Det går inte att sitta här och bara vänta på att andra ska agera, på att andra nitar fast mig i skiten. Jag måste göra något.

Men vad skulle han göra? Tänk om han var skuggad? Han hade inte tänkt tanken tidigare men det vore kanske inte så konstigt om de gjorde det, eftersom han ändå hade något slags nyckelroll i det som hänt. Det var ju faktiskt på hans hotell som flickan dött. Kanske polisen följde efter honom för att se vilka han träffade? Han såg sig om i lokalen, men där fanns fortfarande bara Rachid. Ingen okänd gäst dolde sig bakom någon tidning. Utanför fönstren var det också tomt. Folk gick fram och tillbaka, många bar på tunga kassar, det var ju lördag, men ingen tycktes stanna upp.

De sköter väl det där snyggt, tänkte han. Håller sig på avstånd, avlöser varandra.

Men han lovade sig själv att vara mer uppmärksam i fortsättningen.

På eget uppdrag

HAN HADE ALDRIG VARIT DÄR TIDIGARE. Det kändes som att komma till ett främmande land. Ett fiendeland.

Farid hade hjälpt honom som vanligt, letat upp adressen på nätet och printat ut en vägbeskrivning från Mappy, med beige fält som markerade kvarteren och blekrosa streck som skulle föreställa gator, blått för motorvägar. Men det hjälpte inte, det såg ändå aldrig ut som man förväntat sig att det skulle göra. Vad han väntat sig visste han inte riktigt, inget särskilt kanske. Men i alla fall inte det där lilla dockskåpsaktiga rådhuset med balkonglådor på. Och små affärer som om det var en by eller något. Men det här var förstås själva centrum, intill stationen. Det var inte hit han skulle. Han skulle till villorna. Och de villor han skulle till låg på andra sidan motorvägen. Det gick en bro över vägen, sedan skulle man vidare genom ett industriområde, och sedan skulle man fortsätta över en …

Momo började gå. Lika bra att sätta igång. Det här skulle ta tid, det fanns ingen anledning att stå här och vänta. På vägen ut, på pendeltåget, hade han försökt memorera vägen för att inte behöva dra upp kartan alltför många gånger när han väl var på plats. Han ville lära känna området, så att han så småningom skulle kunna röra sig här obehindrat och utan tvekan.

Nu tittade han sig diskret omkring, försökte ta in så mycket detaljer som möjligt utan att för den skulle verka överdrivet iakttagande. Sådant gjorde folk misstänksamma, det visste han. I och för sig hade det nog inte spelat så stor roll, han mötte högst tio personer på hela eftermiddagen. Alla andra verkade köra bil eller åka buss. Men buss ville han inte åka. Han ville träffa så få människor som möjligt. Ville inte att någon skulle få en chans att känna igen honom, och det sa sig ju självt att alla kunde se att han inte var härifrån, att han kom utifrån. Som alltid utgick han ifrån att han stack ut när han rörde sig utanför Château Rouge.

Momo kunde inte låta bli att småle när han via bron korsade den sexfiliga motorvägen. Det var nog så här de kände sig i agentfilmerna. När de skickades på hemligt uppdrag. Fast han var faktiskt snäppet coolare, tänkte han sedan. För han hade liksom skickat ut sig själv, hade inte ens någon spionchef som sa åt honom vad han skulle göra.

Han låtsades att han gick balansgång på en halvmurken hängbro över Amazonas, ignorerade med lätt förakt bilarna på vänstra sidan och staketet på den högra. Efter en stund insåg han att det kanske drog blickarna till sig när han balanserade så där med armarna utsträckta, och tog ett par steg in på gångbanan och lät armarna hänga ner på nytt.

På andra sidan bron tog industriområdet vid. Momo passerade glest utplacerade kontor och verkstäder, somliga fönsterlösa, många inhägnade och alla med parkeringsytor med lätt sprucken asfalt. Tomt och tyst som efter ett atombombsanfall, tänkte han, och hoppade till när en ensam skåpbil gled upp från ingenstans och körde förbi honom, för att sedan svänga in på en sidogata till höger. Framför en entrédörr i frostat glas stod två män i likadana grå byxor och svagt gröna skjortor och rökte, med ryggarna halvt vända mot Momos håll, och utanför vad som verkade vara ett glasmästeri stod en man på en stege och bytte ett lysrör. Annars såg han inte till en enda människa.

Efter en stund kom han ändå fram till en fyrfilig väg som markerade slutet på industriområdet. På andra sidan började villorna. Han skyndade sig över och valde sedan första bästa gata som ledde in, in i den tujakantade småstadslabyrinten.

Det var långt att gå. Efter tjugo minuter verkade han inte ens ha kommit halvvägs. Fucking jävla förortsskit. Oändliga gator och vägar, inga människor, bara höga häckar och murar så att de som gick förbi inte skulle kunna titta in, fast att ingen ändå någonsin gick förbi. För vad fan skulle man promenera här för?

Så kom han med ens ihåg varför han faktiskt hade åkt hit och körde händerna så djupt ner i fickorna att jackan började strama över axlarna. Man skulle kunna tro att han led av ordentlig tandvärk, för han bet ihop tänderna så kraftigt att käkarna buktade ut på båda sidor.

Momo gick vidare. Inte långsammare, inte snabbare, hela tiden i samma takt, mekaniskt. Lite grand som ibland när de lossade varor på Arthur›s. När de fick upp takten och hittade rytmen, när kedjan av händer beredda att ta emot fungerade, då infann sig ett slags lyckokänsla. Han hade tänkt på det flera gånger. Inte så att han hade pratat med någon om det, de andra skulle nog ha tyckt att det lät flummigt. Men han kände det instinktivt: så här kändes det att ha flyt. Om det sen handlade om att langa kartonger eller något annat spelade egentligen inte så stor roll. Känslan av att det rullade på, att en kugge fick fäste i en annan, var nog i grund och botten densamma, även om han självfallet hellre hade sett att det var pengar som flöt in än kartonger som landade i hans utsträckta händer. Men den där känslan, den hade han tänkt att han skulle försöka komma ihåg, så att han kunde känna igen den om den dök upp i något annat sammanhang. Så att han inte missade århundrades flyt, typ.

Sådant gick Momo och funderade över medan de blekgula villorna och radhusen defilerade förbi, och han var så inne i sina tankar att han inte ens märkte att han nått sitt mål och till och med gått för långt. Han upptäckte det inte förrän gatan han skulle till tog slut och upplöstes i en annan, korsande gata.

Fan, det såg ju likadant ut överallt. Hur hittade folk hem egentligen?

Fast sedan såg han ju att hus nummer elva hade något slags knubbiga pelare runt dörren, sådana fanns det inte på nummer nio, adressen han skulle till.

Han gick förbi huset igen, fast den här gången på andra sidan av den enkelriktade villagatan. Långsamt, långsamt – lojt, intalade han sig. Sneglade på nummer nio: garageuppfart, entrédörr, häck.

Jaha. Vad skulle han göra nu då, vad skulle hända sedan? Vad skulle det här tjäna till? Han tvingades erkänna för sig själv att han inte hade tänkt så mycket längre; att ta sig ända hit hade på något vis varit stort nog.

Inte fanns det någonstans att gömma sig heller, ett ställe där han ostört kunde vänta på att något kanske skulle hända; på att någon kom hem eller gick därifrån, på att han fick en idé. Han stirrade på huset, försökte upptäcka något fast att han egentligen inte visste vad han letade efter.

Garaget. Slutligen fastnade han för garaget. Det var hopbyggt med huset. Man kunde nog gå in i huset från garaget, tänkte han. Men han vågade inte gå fram och känna efter om det var låst eller inte. Det var ju fullt dagsljus ute, och det kunde trots allt vara någon hemma i huset på andra sidan gatan, även om hela kvarteret verkade dött.

Han fick syn på en björkdunge i slutet av gatan. Inte precis någon park, men den fick duga. Här borde han kunna vänta ostört en stund, utan att väcka uppmärksamhet. Momo ställde sig med ryggen mot en av de vitspräckliga stammarna, tog upp ett tuggummi ur fickan och stoppade det i munnen. Kände sig besviken, på något sätt. Mest av allt på sig själv.

Vad fan hade han trott? Att planen med stort P skulle veckla ut sig framför hans ögon som en jävla skattkarta, bara han var på plats? Världen är inget Kinderägg, och du är en jävla amatör, Momo, sa han till sig själv och spottade ut tuggummit i gräset. En amatör är vad du är. En amatör och en jävla ynkrygg.

Han tänkte på sin syster igen. För det mesta lyckades han hålla borta tankarna på henne hyfsat, genom att i stället koncentrera sig på hur han skulle kunna ge igen. Hur han i brist på möjlighet att reparera skulle kunna söndra, såra.

Varför hade han inte ringt polisen med en gång? Varför hade han bara stuckit? När han öppnat dörren och fått se Fathia, förstod han ju på en gång att det inte fanns något att göra. Han hade sett tillräckligt med filmer för att begripa att det var finito, finished, over. Han hade ändå rusat fram, försökt upptäcka ett svagt andetag, en puls. Och han hade tänkt: det är ditt fel, Momo. Du har dödat din syster. Du är bara ett jävla kräk. Du har offrat din syster för två timmar vid ett dataspel. Du är ett jävla as, Momo. Och du kommer aldrig kunna se din mor i ögonen igen.

Och så den där fucking jävla Alain. Som stått där och sett ut som om han inte visste vad som hänt. Den ende som hade kunnat ringa polisen i tid, som hade kunnat rädda henne. Han stod där och polerade sina ölglas som om ingenting hänt en trappa upp. Ingenting alls. Men han skrämde Momo, det tvingades han erkänna. Momo var livrädd för honom. Gubben hade ju redan lyckats dra in honom i något som han inte ville ha med att göra, han var så hal och vidrig att han säkert skulle kunna sätta dit honom för vad som helst som han inte hade gjort.

Momo stoppade ett nytt tuggummi i munnen. Spottade ut det när det inte fanns någon smak kvar. Tog ett tredje, ett fjärde. Till slut var paketet tomt, i stället låg små klistriga klumpar i gräset runt omkring honom. Så slogs han av en tanke, stack handen i jackfickan och drog upp ett reklamblad som blivit liggande, en sådan där avlång flyer som folk brukar stå och dela ut vid metron. Han plockade upp tuggummina ett efter ett, de landade på den lite oskarpa bilden av en tonfiskpizza. Använda tuggummin är ju fullproppade med DNA, tänkte han och var åtminstone lite nöjd över att han kommit att tänka på det.

Sedan beslutade han sig för att det inte fanns något mer han kunde göra den här gången. Han skulle åka tillbaka en kväll i stället, när det blivit mörkt. Han hade ju ändå inget annat för sig. Ingenting viktigare.

Ingenting var viktigare numera.

Han tittade nedåt gatan igen, det såg i alla fall inte ut att vara alltför många gatlyktor i närheten. Tänkte att han måste försöka kartlägga tider, vanor och sådant. Ta med sig en penna och ett block. Det var väl så man gjorde, om han hade förstått saken rätt? Inte för att han ännu riktigt visste vad det skulle leda till, men han ville vara väl förberedd.

Han var en amatör, det var en sak som var säker, men det skulle han inte förbli länge till, tänkte Momo när han med långsamma steg började gå tillbaka samma väg han kommit. Sedan svor han till. Nu började det regna också. Fattades bara det.

Regnet blev snabbt allt ihärdigare och han vek upp jackkragen, som om det skulle hjälpa. Fan också att han inte hade sin munkjacka, kapuschongen hade alltid skyddat något. Han försökte gå snabbare, trampade i en vattenpöl, kände regnvattnet tränga in genom de otäta sömmarna i skorna.

Då märkte han att en bil körde upp bredvid honom. En ung tjej, ganska söt dessutom, vevade ner rutan till en tredjedel.

– Vart ska du?

– Till stationen.

– Du är ju helt dränkt, hoppa in så släpper jag av dig.

Momo funderade inte många sekunder över erbjudandet innan han öppnade högerdörren till den svarta Golfen.

– Schyst av dig ...

– Du såg så otroligt blöt ut, så jag var helt enkelt tvungen att stanna. Också en fin idé att ge sig ut och gå i det här ösregnet.

Hon skrattade till.

– Vad heter du?

Momo tänkte efter ett par sekunder. Han kunde inte hitta på något.

– Mohamed, sa han till sist.

– Jag heter Julie.

– Hej, Julie, sa han med låtsad blyghet och fick henne att le.

– Så du ska in till stan, Mohamed? I det här vädret?

– Mm, jag ... jag ska gå på bio, rättade han sig.

– Vad ska du se? Jag var på bio förra veckan och såg den här ... vad heter den nu ... jo, den senaste med Tom Cruise, du vet. För jävla dålig.

– Jag tycker Tom Cruise är skit.

– Alltså, jag gillade honom när jag var yngre men nu ... vet inte, han bara spelar över. Och så alla dom där scientologgrejerna ...

– Tom Cruise är off.

Så blev det tyst ett par minuter. Regnet tilltog ytterligare, Julie saktade ner farten och böjde sig lätt över ratten, som om det skulle hjälpa henne att se bättre genom regnridåerna.

– Har du några syskon? frågade hon plötsligt.

– En syster, sa han och pressade samman tänderna så mycket han kunde, samtidigt som han fokuserade blicken på en punkt som bara fanns i hans eget inre.

– Vilken tur du har. Jag skulle också velat ha en syster. Nån som man kan dela allting med. Jag har bara haft en hund en gång. Men henne körde grannen över när hon bara var valp.

Julie gjorde en sväng och bromsade in vid trottoarkanten.

– Då var vi framme. Hej då.

– Tack för skjutsen, det var snällt av dig.

Han gick ut och slog igen dörren bakom sig. Såg den svarta Golfen försvinna innan han gjorde helt om i ösregnet och rusade bort mot pendeltågsstationen.

Militant

FOLK HADE BURIT IN DE STOLAR och pallar som fanns i lägenheten, de som inte hittat någon ordentlig sittplats hade satt sig på kuddar på golvet.

Det var så trångt i Maries och Juans vardagsrum att Nedjma inte riktigt visste var hon skulle ta vägen efter att ha hällt upp kaffe till alla.

Det här var alltså nätverket Marie och Aïcha pratat om. Det handlade helt enkelt om att samla representanter för olika föreningar och aktionsgrupper som var inriktade på bostadsproblem. För att knyta kontakter, dela erfarenheter och planera gemensamma manifestationer, hade Marie förklarat. En del av grupperna hade Nedjma hört talas om tidigare, genom Aïcha och de andra. En del av människorna som samlats kände hon igen från aktioner på olika håll i stan. Andra var helt okända för henne.

Hon lät blicken vandra från den ena till den andra. En del var nog lärarkollegor till Marie, kom Nedjma fram till. De hade samma lugna och naturliga pondus, samma sakliga sätt att argumentera på. Andra var professionella föreningsveteraner, dem hade hon lärt sig att känna igen vid det här laget. De där som tog kontakt direkt, tog i hand och frågade vem man var, för att så fort som möjligt kunna placera in en i stadens brokiga föreningslandskap. Det var de som ständigt trollade fram flygblad och diverse fotostatkopierade tidningsurklipp ur sina vältummade pappmappar, likt trollkarlar med ständigt nya kaniner i den till synes tomma hatten.

Där fanns också andra, som var mer svårdefinierbara. Som den rödlockige mannen i soffan bredvid Aïcha, till exempel. De som var högst oansenliga till både klädsel och utseende, men som på något sätt ändå utmärkte sig. Det var svårt att sätta fingret på vad det var som gjorde dem speciella. Var det blicken? Ett vaksamt uttryck i ögonen. Vrede, kanske? En näst intill hård blick som fick en att vilja titta bort, åt ett helt annat håll.

I nästa stund frågade hon sig vad hon själv utstrålade numera. Förmodligen samma sak: vaksamhet, bitterhet, hat. Och något mer, något än mer outhärdligt: sorg.

Nedjma såg sig omkring i rummet ännu en gång och skulle precis luta sig mot dörrposten när Aïcha gjorde tecken åt henne att komma och sätta sig i soffan, samtidigt som hon uppmanade de andra att maka på sig.

När alla hade kommit tillrätta ställde sig Marie upp och sorlet tystnade. Så redogjorde hon för dagordningen. Den var lång.

En större, gemensam demonstration skulle förberedas. Nedjma förvånades över hur otroligt mycket diskussion det blev kring många av detaljerna. Diskussionen kring flygbladens innehåll och utformning tog nästan en timme, och då var det ändå en kvinna från en grupp i trettonde arrondissementet som fortsatte att högljutt uttrycka sitt missnöje över hur man formulerat kravet på ökat bostadsbyggande.

Storleken på banderollerna ventilerades, slagorden analyserades grundligt och man diskuterade till och med vilken färg man skulle skriva med, vad som syntes bäst på håll. Alla hade olika erfarenheter.

När tre timmar gått och kaffet sedan länge var uppdrucket, hade de i alla fall kommit fram till en gemensam handlingsplan och fördelat arbetsuppgifterna mellan de olika grupperna. Det var för övrigt också något de varit tvungna att diskutera sig fram till: att inte bilda nya arbetsgrupper speciellt inför demonstrationen, utan att varje aktionsgrupp även skulle utgöra en arbetsgrupp. En del hade haft invändningar, menat att syftet med ett nätverk ändå var att vara gränsöverskridande. Argumentet att det var tidsbesparande att behålla de gamla indelningarna eftersom de flesta grupperna hade en tydligt geografisk förankring, vann dock ganska snabbt gehör. Så småningom bröt en friare diskussion kring en ny bostadslag ut.

– Hur går det, Nedjma? Vad sa dom på socialen? passade Aïcha på att fråga när den mer officiella delen av mötet var över.

Nedjma ryckte på axlarna. Hon hade egentligen ingen lust att återuppliva minnet av torsdagens förödmjukande besök på socialkontoret.

– Fick du nån hjälp? Kunde dom hjälpa dig med bostad? insisterade Aïcha.

– Dom sa att jag var en dålig mor.

Nedjma såg ner i golvet. Hon fick inte börja gråta. Inte nu. Senare kanske, när de andra hade gått och hon var ensam med Juan och Marie. Eller allra helst ensam inne på det blommiga rummet, med Fathias jacka att gömma ansiktet i. Men inte nu.

– Vad menar du? Sa dom verkligen så?!

– Inte direkt, men det var det dom menade …

Hon berättade om frågorna hon fått om hur hon gjort för att kombinera familjeliv och arbete, om anspelningarna på att hon försummat sina barn genom att lämna dem ensamma om kvällarna. Om anspelningarna på att hon haft dålig pli på Momo och att han hamnat i dåligt sällskap. Hon berättade också för Aïcha att socialassistenten tydligen tagit kontakt med barnens far, och att det på assistenten låtit som om han var ett under av skötsamhet och omtänksamhet. Nedjma hade gått därifrån med känslan av att det var hon själv och ingen annan som var skyldig till Fathias död, att hon hade sig själv att skylla för att hennes städvikariat inte blivit förlängt och att hon inte längre hade något stöd att vänta någonstans.

Plötsligt märkte hon att mannen på hennes vänstra sida, den rödhårige mannen med pannan full av fräknar, lyssnade på deras samtal. Hon tittade frågande på honom, kände sig med ens utlämnad.

– Förlåt, jag borde kanske presentera mig. Henri. Jag heter Henri och är aktiv i Bostadsbrigaden.

– Honom ska du akta dig för, sa Aïcha, och av hennes vaga ansiktsuttryck att döma kunde Nedjma inte avgöra om hon skämtade eller menade allvar.

Nedjma höjde på ena ögonbrynet.

– Äh, Aïcha, så farliga är vi väl ändå inte, kommenterade Henri och försökte sig på ett litet snett leende.

– Jag gillar inte era metoder, det vet du.

– Men erkänn att dom fungerar. Det måste till och med du erkänna. Vi hade aldrig fått dom att köpa loss det där huset nere vid République om vi inte tagit oss in hos borgmästaren i elfte arrondissementet, medge det.

Aïcha himlade med ögonen. Nedjma kände att hon inte längre följde med i deras diskussion och inte heller orkade sätta sig in i vad den egentligen handlade om. Hon reste sig ur soffan och gick ut i köket för att sätta på mer kaffe åt dem som var kvar.

Strax efteråt kom Marie efter henne.

– Jag såg att du pratade med Henri …

– Det var snarare han som pratade med mig.

– Jag vet inte vad Aïcha sagt …

– Jag vet inte om jag bryr mig, klippte Nedjma av medan hon letade efter kaffefiltren.

Hon kände sig med ens så otroligt trött. Kände att de alla ödslade en massa tid på saker som inte hade någon betydelse. Inte för att hon visste vad hon skulle använt tiden till i stället, hennes enda mål här i livet numera var ju att försöka få tiden att gå. Det var därför hon fortfarande deltog i de här mötena. Men ändå, det kändes som slöseri med tid, det som de höll på med här. Det sa hon också till Marie.

– Jag förstår att du har annat att tänka på, att dom här interna diskussionerna kan kännas futtiga för dig.

– Du förstår precis rätt, sa Nedjma, och vände sig om så att hon stod ansikte mot ansikte med Marie.

– Jag tycker det är bortkastad tid att diskutera om vi ska skriva med svarta eller röda pennor på plakaten. Jag begriper inte varför vi ska ägna en kvart åt att bestämma var kommatecknet ska sitta i punkt nummer fyra på flygbladet. Jag tycker det är…

– Jag är beredd att hålla med dig. Men du vet, det är viktigt att besluten är väl förankrade inom hela gruppen, så att alla känner att deras åsikter tas på allvar och så … det är inte lätt att foga samman en så spretig grupp som det här nätverket …

– Och vad har den där Henri med det att göra då?

– Han skulle nog hålla med dig, avgjorde Marie, och gick ut ur köket.

En dörr som stängs

MOMO KÄNDE HUR HAN SVETTADES i handflatorna medan han tittade uppåt gatan. Försökte se oberörd ut och smälta in i gatubilden, men hade inte ro att stå stilla. Syntes det att han väntade på någon? Förmodligen, eftersom han stod vid en metrouppgång. Massor av människor väntade på andra människor vid massor av metrouppgångar varenda dag. Det var inget märkvärdig med det, ingenting märkvärdigt alls, ingenting som någon tog notis om, försökte han intyga sig själv. Och vid just den här stationen stod alltid mängder av folk lutade mot den gröna järnbalustraden, de som väntade på att en bekant skulle dyka upp, eller någon form av intressant tillfällighet, ett oväntat erbjudande, en öppning mot något nytt. Här väntade ständigt människor, väntade på att livet skulle komma dem till mötes.

Ändå svettades han så gruvligt. Var det rädslan att bli upptäckt som gjorde honom orolig? Osäkerheten inför situationen han hade framför sig? Känslan av att egentligen inte veta vart han var på väg? Han torkade av händerna på byxorna och sneglade på klockan. Kvart över, hade Farid sagt att de avtalat möte åt honom och samtidigt uppmanat honom att vara i tid. Nu var klockan redan fem i halv. Tänk om han gått i en fälla. Kanske det i stället skulle dyka upp en polispiket. Då var det slut med honom. Hur skulle han förklara att han försvunnit? Vem skulle någonsin kunna förstå varför han gjort det han gjorde? Inte snuten i alla fall, det var han säker på. Och mot Alain-drägget vågade han inte göra något. Han var säkert täckt från alla håll, så illmarig som han var.

– Följ efter mig, men håll avståndet.

Det hade gått så snabbt att Momo knappt ens visste var rösten kom ifrån. Hade bara känt en lätt andedräkt mot örat, som en varm vindpust som snabbt drog förbi. Han vred på huvudet och såg en ung man med huvan uppdragen försvinna bort genom folkvimlet mot en liten oansenlig tvärgata. Han kände svetten bryta fram på nytt i handflatorna när han började följa efter, trevande, som om han flanerade på måfå.

Momo svängde runt hörnet och såg mannen försvinna in genom en grönmålad port. Han kände hjärtat slå allt snabbare, bröstkorgen vibrerade på honom och han tänkte att när den där dörren slår igen bakom mig – då är det för alltid.

Hjärtats allt våldsammare slag fortplantade sig ända ner i magen när han i sista sekund tog emot dörren med axeln innan den stängdes. Så stod han i halvmörkret och hörde klicket bakom sig när dörren slog igen. Allt blev tyst. Han funderade på om han skulle tända ljuset, men det kändes inte rätt. I stället väntade han. I två evighetslånga minuter stod han i det tysta dunklet och drog in dofterna av fukt och kokt selleri.

– Här.

Rösten hade kommit från höger och han följde efter, in bakom trappan. En dörr stod på halvglänt och han slank in. Av ren vana stängde han den efter sig innan han gick in i själva rummet.

– Kul att se dig igen, Momo. Tråkigt bara att det skulle bli under såna här omständigheter.

Gardinerna var fördragna för fönstren som vette mot innergården. I mitten av rummet halvlåg Sami i en gammal soffa med nött plyschklädsel.

– Är det här hemma hos dig?

Sami log till svar.

– Jag känner mig hemma överallt.

Han gjorde en gest mot en fåtölj med överdimensionerade armstöd, och Momo kände hur han nästan sögs upp av möbeln när han sjönk in i de mjuka och väl nersuttna kuddarna.

– Vad kan jag hjälpa dig med, mannen?

– Jag behöver en pistol.

Sami lyfte gillande på ögonbrynen. Han låtsades se förvånad ut, men Momo fick en känsla av att Sami väntat på hans förfrågan.

– Vapen, det är komplicerade grejer... Har du skjutit nån gång tidigare?

Momo skakade på huvudet.

– Trodde väl det. Då behöver du nog nåt som är lätt att använda. Jag förmodar att du tänkt använda vapnet i ett särskilt sammanhang?

Momo ryckte avvärjande på axlarna.

– Ursäkta att jag lägger mig i, se det som en erfaren mans vilja att dela med sig av sina egna erfarenheter... men är du säker på att ingen kommer att höra skottlossningen?

Jävlar, det hade han naturligtvis inte tänkt ett endaste dugg på. Det skulle ju eka som fan där inne i garaget. Hela jävla kvarteret skulle vakna. Du är och förblir en helvetes amatör, Momo, tänkte han för sig själv. Han stirrade ner i golvet när han svarade:

– Jag tänkte inte på det ...

– Jag misstänkte det. Men bli inte generad. Vi gör alla våra misstag i början. Var i stället glad att du hamnat hos mig. Jag ska hjälpa mig. Kanske en bra kniv skulle kunna vara ett alternativ?

En kniv. En kniv som skär in i köttet. Som betyder närkamp, närkontakt. Han såg sin lillasyster framför sig, tömd på blod, åderlåten som ett offerlamm, han såg knivmärkena på hennes bleka bröst, och han var tvungen att svälja för att inte kräkas.

– Du har rätt. En kniv blir nog bättre.

– Trodde väl det. Dessutom är det betydligt enklare att manövrera än en pistol om man inte är van. Räcker att pumpa upp adrenalinet bara. En butterfly är vad du behöver. Det fixar jag. Har du pengar med dig?

– Jag ... jag tänkte att jag kunde få den på avbetalning, liksom ...

Sami höjde ögonbrynen.

– Du Momo, du är inte och köper morötter hos Fanta nu.

All kraft som Momo samlat inför det här mötet, allt mod han uppbådat för att ge sig ut, korsa gator, möta människors blickar, ta sig in genom dörrar – allt den kraften slog plötsligt tillbaka mot honom själv, likt en bumerang. Han kände sig med ens knäsvag och hjärtat som nyss hållit på att hoppa ur bröstet på honom verkade knappt slå längre.

– Men alltså, jag har inga pengar alls just nu, du förstår väl att ...

– Lugn, Momo. Du ska få din kniv, det är ingen stor sak. Men vi gör en deal, du och jag. Tjänster och gentjänster. Och så ska jag se till att du kommer bort från Château Rouge, där känner folk igen dig alldeles för lätt. För du kan ju inte sitta på en vind och trycka resten av livet, det hoppas jag att du förstår?

Momo nickade. Han kände sorgen välla fram inom honom när han plötsligt insåg att han satt och hoppades att han aldrig skulle träffa sin älskade mamma igen. Att hon skulle slippa se honom, slippa möta honom på nytt. Att hon en dag skulle lyckas begrava honom i sitt minne tillsammans med Fathia. Kanske hon redan trodde att han var död? Han hoppades det. Så att hon inte skulle behöva leva med skammen. Sorgen och skammen över en son som slagit hennes och sitt eget liv i spillror, på bekostnad av den person som var dem allra kärast. Det var hans fel att hon inte längre hade något att leva för. Han själv hade definitivt ingenting att leva för längre. Ingenting betydde längre någonting.

Momo nickade mot Sami.

– Vad vill du att jag ska göra?

Dubbelliv

– HUR ÄR DET MED DIG EGENTLIGEN, PAPPA?

Han ryckte till, vred på huvudet och tittade på henne, där hon satt bredvid honom i passagerarsätet. Försökte sig på ett leende.

– Va? Nej, det är väl bara bra. Hur så?

– Jag vet inte, men du ser lite trött ut. Känns som om du ... kanske är lite stressad ...

Julie. Hennes finkänslighet rörde honom. Hon trevade sig alltid fram, trängde sig aldrig på, till skillnad från sin mor. Hon var nog den enda människa som verkligen brydde sig om honom, tänkte Alain, och kände något varmt som nästan gjorde lite ont där inne i bröstet på honom.

– Det är ingen fara med mig, Julie. Lite mycket på jobbet bara.

Om hon bara vetat, tänkte han, tryckte ner kopplingen och växlande ner till fyran, för att genast lägga i femman igen. Som för att ha något att distrahera sig med, verka upptagen. Nu hade det suttit fint med en cigg. Men Sylvie avskydde när det luktade rök i bilen.

– Din pappa har alltid stressat, Julie, kom det från baksätet, och för en gångs skull var han tacksam över att Sylvie bröt in.

– Du glömmer inte att ringa när du kommer fram nu, hör du det? Har du med dig adressen?

– Lugn, mamma, det fixar sig. Vi ska bara vara borta i fem dagar.

Så skulle Julie iväg på sin efterlängtade tur till London. Hon hade föreslagit att själv köra till flygplatsen och lämna bilen på parkeringen, men Sylvie hade propsat på att få följa med och vinka av henne, och Alain hade varit glad att han inte själv behövt föreslå det.

Fem dagar bara skulle hon vara borta. Om det inte hade varit för allt som hade hänt den senaste tiden, skulle Alain ha känt det som en evighetslång räcka av timmar då allt ont i världen skulle kunna drabba hans ögonsten. Nu kände han i stället snarast lättnad över att hon försvann från hans horisont ett tag.

Julie visste fortfarande inte att det var på Alains hotell som det omskrivna flickmordet ägt rum, av den enkla anledningen att hon ju inte ens visste om att han ägde ett hotell. Hade hon fått kännedom om hotellet, hade hon säkert dykt upp där endera dagen, av ren nyfikenhet.

Den senaste tiden hade Alain mer och mer insett hur mån han var om att hennes idealiserade bild av honom inte på något vis skulle naggas i kanten. Han ville förbli den omtänksamma pappa han alltid varit i hennes ögon. Att ge henne en mer nyanserad och flerdimensionell bild av honom var han absolut inte intresserad av. Han fortsatte hellre med sitt dubbelliv, även om det var ansträngande att hålla isär de olika delarna ibland. Men inget var viktigare för honom, än att hålla henne utanför.

Och hör och häpna: för en gångs skull hade Sylvie förstått och gjort som han velat, när han bett henne att hålla Julie ovetande om det som hade hänt. ”Men hur ska jag kunna hålla masken, låtsas som ingenting?” hade hon snörvlat när han efter den där natten i bilen i Paris så kort men korrekt som möjligt försökt förklara situationen för henne. "Det är ditt förbannade problem, inte mitt. Men nu gör du som jag säger. Julie ska inte veta något om det som hänt, är det uppfattat?"

Sylvie hade bara nickat till svar, men hittills faktiskt lyckats hålla vad hon lovat. Han insåg att hon nog skämdes över hans affärer. Det gjorde honom ordentligt förbannad, det var ju tack vare dem som hon kunde gå därhemma i sin villa och dra benen efter sig. I det här sammanhanget kom dock hennes inställning som en skänk från ovan. Hon ville helt enkelt inte att Julie skulle få veta vad de levde av. Därför höll hon tyst.

– Pappa, skulle du inte ha svängt av här?

– Fan också, muttrade han, när han såg avfarten till flygplatsen flimra förbi.

– Men Alain, hur kunde du missa den? Hinner vi nu? kom det genast från baksätet.

– Ingen fara, mamma, vi är ute i jättegod tid.

Alain tackade i sitt inre Julie för att hon tog fighten med Sylvie. Hon verkade dessutom inte ens bli irriterad på henne. Han fattade inte hur det var möjligt.

– Om du säger det så, avgjorde Sylvie, som uppenbarligen låtit sig lugnas av dotterns ord.

De tog nästa avfart i stället, och även om de fick köra en omväg för att komma till rätt terminal, handlade det om max tio minuters fördröjning. Han parkerade och de gick tillsammans in i terminalen, där två av Julies kompisar väntade. Tjejerna flög varandra om halsen så där omotiverat som bara unga tjejer kan göra, och för ett kort ögonblick störde han sig på att hans Julie, hans utvalda, unika Julie kunde bete sig precis som vilket tonårsvåp som helst.

Tankarna försvann dock genast när han kände hennes armar om sin egen hals, följt av två rejäla kindpussar.

– Ha det nu så bra här hemma och ta hand om mamma, så ses vi på torsdag igen. Nu ska vi göra London osäkert!

Och så kvittrade de tre vännerna iväg mot gaten, utan att vända sig om.

Alain och Sylvie körde hem igen under tystnad. Det kändes redan tomt. Tanken på att det snart var så här det alltid skulle vara, när Julie flyttat hemifrån om några år, fyllde honom med fasa. Två människor i en bil och ett tomrum som det nästan gick att ta på.

– Tror du nu det går bra för dem? sa Sylvie plötsligt när de körde förbi Volkswagenbutiken där han hämtat Julies bil på hennes födelsedag.

– Varför skulle det inte göra det? Litar du inte på din egen dotter? bet han av utan att titta på henne.

– Hur kan du vara så okänslig? Ibland kunde man tro att du inte bryr dig om henne över huvud taget.

Alain bromsade tvärt. Mycket kunde han tåla, men nu gick hon ändå över gränsen.

– Vad fan vet du om min känslighet? Du har väl aldrig nånsin förstått mig. Om det är nån som förstår Julie så är det jag. Men till skillnad från dig så kan hon ta vara på sig själv och hålla huvudet kallt.

Som han föraktade henne i den stunden. Mer än någonsin. Att hon inte fattade att han inte orkade med det här just nu. Orkade aldrig med det, men allra minst nu, när så mycket stod på spel. Men kanske hon inte fattade det heller.

Sylvie hade tystnat, vågade väl inte säga något mer, tänkte han och gjorde en rivstart. Någon gick förbi på trottoaren när han svängde in på deras gata, en ovanligt smal gestalt med luvjacka som inte passade in i grannskapet, och som av någon anledning fick honom att tänka på Momo. Honom hade han inte sett röken av på ett bra tag, inte sedan den kvällen. Vågade han hoppas på att åtminstone ett problem faktiskt var ur världen?

– Alain? Ska jag öppna garaget?

Sylvie var redan ute ur bilen och gick bort mot garageporten.

– Du har glömt att låsa igen. Vem som helst kan ju gå in här när ingen är hemma, ropade hon förebrående.

Att hon inte hade värre saker att oroa sig för, tänkte han, än en olåst garagedörr. På något sätt hade hon ändå tur, Sylvie.

Splittring

DE STOD INTILL STATYN PÅ Place de la République och rullade ihop de regnvåta banderollerna. Nedjma och Aïcha tog hand om sin, som de burit hela den tröstlösa marschen från Nation. Den svarta texten hade flutit ut en aning på grund av vätan, bokstäverna hade blivit oskarpa som på ett misslyckat foto.

– Det var det jag sa, att ni skulle kostat på er vattenfast färg, beklagade sig kvinnan som gått snett framför dem i tåget.

Det var samma kvinna som klagat över nästan allting på det förberedande mötet hemma hos Marie och Juan, mindes Nedjma.

– Men vilken tur att du gjorde som man ska då, kontrade Aïcha, som uppenbarligen också irriterade sig på den andra.

– Vad jag gör är inte det viktiga, det som betyder nåt är ju vår gemensamma insats, att vi är lyhörda och lyssnar på varandra ...

– Men strunt samma, det var ju ändå ingen som kunde läsa nåt i det här skitvädret, fortsatte Aïcha och svor till när hon råkade rycka aningen för hårt i banderollen så att det slitna, gamla lakanet delvis revs loss från ena träbiten som den häftats fast vid.

– Förlåt, men en sån attityd är ju fullständigt kontraproduktiv. Om du kör med den inställningen vet jag inte hur mycket du kan bidra med ...

– Så det säger du? I egenskap av vad då?

Aïcha hade släppt den delvis trasiga banderollen, som nu hängde och dinglade i Nedjmas hand. Hon tog några steg framåt, regnet stänkte runt fötterna på henne. Ett bortkastat flygblad hade fastnat under hennes ena sko.

Nedjma bröt in. En ovan känsla som påminde om förakt överraskade henne.

– Nu får ni faktiskt skärpa er. Ni beter er som småbarn båda två. Det regnade, det kom inte så många som vi hoppats på. Men för den skull behöver vi väl inte bråka inbördes. Okej?

Hon kände sig med ens väldigt, väldigt trött.

– Och börja nu inte gräla om vem som började, tillade hon, när hon såg den andra kvinnan öppna munnen för att säga något.

Kvinnan kom av sig, vände sig om och gick bort mot sin egen lilla grupp, som inte tagit någon notis om diskussionen, upptagna som de var med att hålla stånd mot regnet.

– Vad skulle det där vara bra för, Aïcha? kunde Nedjma inte låta bli att fråga när den andra var utom hörhåll.

Demonstrationen, som skulle bli deras stora styrkemätning och visa bostadsaktivisternas enade front, hade förvandlats till en regnvåt besvikelse. Redan på demonstrationsdagens morgon hade det vräkt ner och något uppsprickande molntäcke hade inte varit att vänta, enligt väderleksprognoserna.

De hade ändå samlats, de hade ju fått demonstrationstillstånd och annonserat om manifestationen på alla upptänkliga sätt. Men det hade varit glest i leden, till och med en del av de verkligt aktiva hade uteblivit, och om de hade giltigt förfall eller om deras frånvaro berodde på ren lättja var svårt att avgöra.

Det dåliga vädret hade också fått medierna att dra öronen

åt sig. Killen från Le Parisien, som hade skrivit en kort artikel tidigare i veckan och lovat att komma, hade aldrig dykt upp. Av tv-kanalerna var det bara France 3 som varit på plats, en praktikant på kanalens regionala nyhetsprogram hade ställt tre frågor innan de ens börjat marschera, för att därefter köra iväg igen.

Nedjma var ändå förvånad över Aïchas barnsliga reaktion. Det var över huvud taget mycket i människors agerande som förvånade hennes numera. Så mycket energi de lade ner på absoluta bagateller, helt i onödan.

När banderollerna väl var hoprullande ville de flesta bara hem till sitt så fort som möjligt – kanske hade de en familj som väntade på dem, kanske ville de slippa ventilera misslyckandet eller bara få på sig torra kläder. En liten tapper trupp samlades dock på Café le Chien, Kafé hunden, som låg i närheten. Någon hund syntes inte till i den sparsamt inredda lokalen, men priserna var oväntat låga, trots det centrala läget. De satte sig längst in, nära kaféets enda element.

– Jaha, det här blev ju en nätt liten tillställning, kommenterade Henri från Bostadsbrigaden lätt sarkastiskt och tog en klunk av sitt örtte.

– Vädret råder man inte över, det blir bättre nästa gång, kontrade Marie.

Alltid lika lugn och samlad, tänkte Nedjma aningen irriterat, även om hon själv använt samma argument alldeles nyss. Plötsligt saknade hon nästan Aïchas utbrott nere vid statyn. Aïcha hade för övrigt åkt hem med en gång, med förevändningen att hon måste hjälpa barnen med läxorna.

Nedjma hade förstått att det var ett rent svepskäl. Hade hon varit för hård mot Aïcha? Kanske hon inte kunde begära att andra skulle tänka och reagera som hon själv gjorde. Hon kände ju att hon på något vis glidit bort, glidit ifrån resten av världen.

– Vad säger du då, Nedjma?

Hon hoppade till vid tilltalet. Henri tittade på henne, med den där hårda blicken som var så svår att tolka.

– Ja, det var ju mycket jobb för nästan ingenting. Men vi får väl försöka igen, svarade hon undanglidande och hoppades att hennes svar inte misshagat någon av de andra. Hon orkade inte med fler futila diskussioner just nu. Dem kunde de ha för sig själva.

Hon gick bort till bardisken och bad om ännu en kopp kaffe. Den första hade Juan bjudit på, så hon kände att hon kunde kosta på sig en till. Framför allt ville hon komma bort från det ändlösa tuggandet vid bordet.

– Vi kommer ingen vart, va?

Henri hade glidit upp bredvid henne. Hon undvek att svara. Han borde väl förstå att hon ville vara ifred, varför gick han då efter henne? Hon tvingade sig att möta hans blick, men sa fortfarande inget.

– Jag tror att vi förstår varandra. Det här leder ingenstans, fortsatte han när hennes svar uteblev.

– Men om du nu tycker att det är så meningslöst, varför är du då med?

Kanske var det vädret, vätan och den dåliga uppslutningen som gjorde henne på särskilt dåligt humör, men hon blev mer och mer irriterad på Henri. Han var orättvis, och snudd på oärlig också.

Hon fick ett smått roat leende till svar. Det irriterade henne ännu mer.

– Om man inte är del i ett större sammanhang blir det ännu svårare, nästan omöjligt att förändra, sa han smått kryptiskt.

Henri tog en klunk av teet, som han tagit med sig bort till bardisken och fortsatte:

– Missförstå mig rätt, Nedjma, engagemang är viktigt. Det är basen, själva näringen. Men sen behövs det kanske lite mer kreativitet.

Hon gav honom en undrande blick. Hon måste medge att hon ändå blev lite nyfiken. Men han förklarade inte vidare.

– Varför är du själv med då? frågade han i stället med ett snett leende, som för att markera att han tagit hem en poäng.

– Jag har inget bättre för mig. Duger det som förklaring?

– Jag förstår vad du menar Nedjma, men jag tror inte det är hela sanningen. Och ta inte illa upp nu, men jag tror att inte minst du, särskilt med tanke på ... vad du varit med om ...

För första gången gav han uttryck för osäkerhet. Och Nedjma blev så överrumplad över att han förde detta hennes svåraste, svartaste innersta på tal utan förvarning att hon inte kom sig för att svara något.

– Jag tror att du har mer att tillföra vår kamp än dom flesta andra.

Hans ansiktsuttryck hade med ens förändrats, han såg nästan vädjande ut.

– Du betyder nåt för oss andra, Nedjma.

Och så vinkade han till sig kaféägaren för att betala.

Nedjma visste inte vad hon skulle säga. Hon kände sig kränkt på något vis, samtidigt som hon upplevde att Henri var så mycket ärligare än alla de andra.

Under tystnad tog han emot växeln och stoppade mynten i byxfickan, drog igen dragkedjan på jackan och fällde upp kragen. Tittade ut genom fönsterrutan, mot gatan, där regnet föll som en tät ridå. Så vände han sig åter mot Nedjma. Den här gången hade den där kalla blicken fått ett stråk av oväntad värme, han såg snudd på omtänksam ut.

– Sluta klandra dig själv, Nedjma. Ingenting är ditt fel. Du har inte gjort nånting. Men sluta räkna med att få nån hjälp. Samhället har gjort sitt. Det har gjort dig ont nog.

Så gick han, efter att ha höjt handen mot de andra till avsked.

Hon tittade bort på gruppen runt bordet. Mer eller mindre välkända ansikten allihop. Lyckliga människor, som inte visste vilken tur de hade, trots alla sina tillkortakommanden och vardagsbekymmer.

De var människor som hade allt utan att förstå det, tänkte hon och kände sig med ens längre ifrån dem än någonsin.

Förstå, det kunde man inte förrän man förlorat det man haft. Då insåg man med ens: även den fattigaste har något att förlora.

Det kan alltid bli ännu värre än vad det redan är.

Konfrontation

NÅGOT HÖGG TILL INNE I BRÖSTKORGEN. Alain stannade spontant och förde handen till bröstet, drog ett djupt andetag. Det skulle bara fattas att han fick en hjärtinfarkt också, det skulle fan i mig vara grädden på moset. Han började gå igen, något långsammare än tidigare. Han kände ingenting längre. Säkert bara något nervöst. Det vore ju inte vidare konstigt. De där asen kommer att kosta mig min hälsa, tänkte han medan han öppnade bilen med fjärrkontrollen.

Han manövrerade ut från den minimala parkeringsfickan och körde österut, i riktning mot motorvägen som skulle föra honom hemåt i det allt kompaktare höstmörkret.

Han körde genom nästan öde gator och tänkte på att polisen fortfarande inte släppte honom ur sikte. Även om han själv inte varit delaktig i det som hänt, befann han sig ändå i händelsernas centrum, och den där polisen som skötte utredningen var uppenbarligen övertygad om att han satt inne med information. Vilket han ju också gjorde. Hittills hade han lyckats hålla fast vid sin version, men de hade börjat fyra av en del skrämskott, som att antyda att de ville gå igenom hans bokföring. Ärligt talat visste han inte hur länge han skulle orka hålla stånd. Samtidigt – om han tjallade var han förlorad. Då kunde han glömma den lilla värld han ändå lyckats skapa sig.

Tankarna rullade runt i hans huvud som hala biljardbollar medan han körde genom den anonyma motorvägsnatten.

Desperat letade han efter ojämnheter, kuggar som skulle göra att tankarna kunde länka sig samman, bilda en logisk kedja. Men det spelade ingen roll hur han vände och vred på historiens olika beståndsdelar, de fortsatte ändå att glida mot varandra, slås ihop för att sedan stöta bort varandra på nytt. Det fanns ingen lösning, tänkte han och försökte trycka bort paniken med hjälp av gaspedalen.

Det tog inte lång stund innan han kunde köra av från motorvägen, ta avfarten som ledde till hans egen lilla del av det stora förortsbältet. Efter ytterligare tio minuter hade han svängt in på sin egen gata som låg tyst och orörd så här efter midnatt. Han noterade att Julies bil var borta. Det var väntat, det var ju fredagskväll, hon var väl ute med sina vänner. Inte dumt att hon hade den där bilen i alla fall, tänkte han nöjt och berömde sitt eget initiativ. Sylvies gnäll hade tystnat ganska snart efter födelsedagen. Uppenbarligen tyckte även hon att det var skönt att veta att Julie alltid kunde ta sig hem var hon än befann sig, oavsett vad klockan var. Han hade haft rätt som vanligt.

Alain gick ut ur bilen för att öppna garageporten. Han hade glömt att låsa den här morgonen också, precis som han nästan alltid gjorde. Inte för att det spelade någon större roll, det var ett lugnt område de bodde i. Ett så in i helvete lugn område där det aldrig hände ett skit. Men kanske jag borde sätta in en automatisk dörr i stället, så slipper jag gå ur och öppna varenda gång, och så kan jag låsa den med ett enda fingertryck, tänkte han när han med högerarmen drog porten utåt och uppåt och på nytt kände det där hugget i bröstkorgen.

Vilket flyt han hade haft. Ett jävla flyt var vad det var. Kvällarna i björkdungen hade gett utdelning, kände Momo. Som vanligt hade gubbjäveln inte låst garaget efter sig, och framåt halv elva hade det bara varit att smyga sig fram och försiktigt öppna det. Gatlyktan som han förutseende nog hade haft sönder tidigare i veckan hade fortfarande inte blivit lagad, så han räknade med att ingen hade märkt när han dragit upp den något gnisslande garageporten. Han hade ju dessutom varit så smart att han valt en kväll när Frankrike spelade mot Italien i direktsändning, och de flesta satt framför tv:n. När ett allmänt bröl utbrutit i åtskilliga av gatans vardagsrum hade han kollat att den stulna vespan stod väl gömd bakom buskarna och sedan tagit sats, gått med raska steg men utan att springa, vridit om vredet, dragit porten rakt ut, gått in och stängt efter sig. Hållit andan i mörkret, lyssnat efter okända ljud, väntat på steg. Men inifrån huset hördes ingenting, insåg han när han efter en stund börjat lugna ner sig och på nytt fått kontroll över sitt hjärtas slag. Om gubbens fru inte var intresserad av fotboll låg hon nog redan och sov på övervåningen. Dottern var säkert inte hemma, det var ju fredag.

Han hade nog stått där i tio minuter innan han över huvud taget börjat våga röra på sig. Försiktigt, för att inte riskera att välta något i mörkret, även om ficklampan hjälpte honom att orientera sig.

Det var ett klassiskt villagarage han befann sig i, tänkte han nästan besviket. Som om han väntat sig en upplevelse utöver det vanliga, när han nu vågat sig på något han aldrig tidigare gjort.

Miljön var högst trivial och förutsägbar: en motorgräsklippare, en stege, diverse trädgårdsredskap i ett hörn, en gammal lagerhylla med målarburkar och murbruk bredvid en halvfull låda med kakel. En damcykel stod lutad mot ena långväggen, ovanför hängde en ordentligt hoprullad vattenslang. Och så fanns det en kartong med vinflaskor, till hälften dold bakom en säck med ved.

Eftersom det var första gången han var inne i garaget hade han inte heller hunnit fundera över hur han skulle förhålla sig till rummet. Var skulle han gömma sig? Hur skulle han bete sig för att undvika att bli upptäckt så fort Alain tände ljuset?

Om han ställde sig bakom hyllan? Det var inte optimalt, men det fick duga. Något annat alternativ kunde han inte se. Hyllan var ändå ganska bred och stod nästan allra längst in, i den del där garaget smalnade av och övergick till förråd. Alain skulle kanske inte ens titta ditåt, försökte han övertyga sig själv.

Ett ögonblick kände han sig ändå väldigt osäker. Skulle han kanske ta det här som ytterligare en rekognosceringstur och i stället komma tillbaka vid ett annat tillfälle, nu när han sett sig om härinne? Låta intrycken sjunka undan, analysera läget.

Sedan insåg han. Det skulle inte bli någon nästa gång. Han skulle inte orka uppbåda så mycket mod en gång till.

Så i stället för att ge sig av igen sköt han ljudlöst undan kartongen med kakelplattor för att bereda plats åt sig själv. Jo, det borde funka. Han själv såg ju inte garageporten härifrån annat än om han kikade mellan färgburkarna, då borde väl ingen lägga märke till honom heller. Särskilt inte någon som trodde sig vara ensam i sitt garage.

Bara nu ingen plötsligt fick för sig att gå ut i garaget inifrån huset. Så långt hade han inte tänkt. Momo lade handen över jackfickan och kände det hårda och platta metallföremålet. Han började skaka. Vad skulle han göra om Alains fru kom ut? Springa så klart. Rusa därifrån. Hon skulle nog bli alldeles för rädd för att försöka stoppa honom, tänkte han. Och om någon försökte hindra honom fick han väl slå sig loss.

Inte mycket till reservplan, det insåg han själv, och kände sig allt annat än säker där han stod inklämd i mörkret.

Han stod där länge. Tänkte på Fathia. Tvingade sig själv att tänka på henne, för att samla mod. För att elda på sitt eget ursinne. För att klara av att göra det som aldrig skulle kunna göras ogjort. Det som hans mamma med alla medel skulle ha försökt förhindra, om hon vetat.

Varje minut i garaget kändes som ett helt år. Nu har jag blivit tio år äldre, tänkte Momo när tio minuter hade gått. Nu är jag trettio. Nu har jag fyllt fyrtiofem. Snart har jag hunnit bli gammal. Och när monsieur Arnaud kommer hem är mitt liv slut.

– Fan också att dom inte lagat gatlyktan än, man ser ju ingenting, muttrade Alain för sig själv när han kört in bilen i garaget och slagit igen bildörren. Han gick bort mot strömbrytaren bredvid dörren som ledde in till huset, men just som han skulle tända takbelysningen kände han en arm runt bröstkorgen. Han skulle till att skrika, när han kände något kallt och vasst mot strupen.

– Va fan ..., var det enda han fick ur sig.

– Nu tar du det lugnt. Alldeles lugnt.

Någon kittlade hans adamsäpple med knivspetsen. Han försökte stå blickstilla, vågade knappt andas.

– Vad vill du? Är det bilen du är ute efter? Ta den, nycklarna ligger i jackfickan.

– Jag skiter väl i din bil. Lika mycket som du sket i min syster.

– Momo?

– Det är jag.

– Men hur har du ... vad fan gör du ...

– Den här gången är det du som ska lyssna. Nu är det din tur att betala. För allt som du har gjort mot min syster, mot min mamma ...

– Jag hade ingenting med det att göra, jag svär! Jag visste ingenting förrän din mamma skrek ...

– Skitsnack. Det vet du också.

– Jag har aldrig rört din lillasyster. Jag är inte ens intresserad av småflickor, ska du veta.

– Det spelar ingen roll om du gjorde det eller inte. Du hade kunnat stoppa det. Du hade kunnat göra så in i helvetet mycket, för oss alla. Behandlat oss som människor, till exempel. Men allt du tänker på är dig själv. Dig själv och ditt skithotell och din jävla villa ...

– Hör du Momo, nu blandar du ihop allt. Lägg ner kniven, så går vi in till mig och diskuterar i stället.

Han är inte lika koncentrerad på kniven längre. Glöm inte att det bara är en snorunge. Han vet inte hur man använder en kniv. Jag kan vrida mig loss, snurra runt utan att göra mig illa. Så. Fri. Bra Alain, nu börjar du ta kontrollen. Det är bra.

– Lägg ner den där kniven, så glömmer vi det här. Du vet ju för fan inte ens hur man använder den, du kan göra både mig och dig själv illa med den. Du borde hellre gå hem till din mamma. Har du tänkt på hur orolig hon måste vara?

– Du ska inte lägga dig i min familj! Hör du det! Du har aldrig brytt dig om oss tidigare. Men du har gjort tillräckligt med skit för oss redan.

Om jag bara får ner handen i fickan. Får tag i mobilen. Såja. Slå 17 till polisen. Försiktigt så att inget märks. Håll armen stilla. Ettan högst upp till vänster, så sjuan ... två knappar under ...

– Upp med handen för helvete!

– Du ... nu tar vi det lite lugnt.

– Tar du mig för nån jävla amatör, eller?

– Det var du som sa det.

– Du, försök inte med den där tonen igen, det är slut med det nu.

Momo rotade igenom Alains ficka medan han vilade knivspetsen mot hans hals. Fick upp telefonen och slängde den i golvet.

– Momo, du ska inte hålla på med sånt här. Du är inte van vid det. Det kommer att sluta illa för dig. Hör du det. Gör inget dumt nu. Du är en bra grabb innerst inne, det vet vi båda två, eller hur? Om du vill ha ett gott råd: lägg ner kniven.

– Du, jag tar inga råd av dig, din jävla mördare.

Hans hand darrar. Han börjar få panik. Han vet inte vad han ska göra längre. Han börjar tappa modet. Jag kan slå kniven ur handen på honom, om jag bara lyckas vrida armen, få kraft.

– Det där ska du ge fan i!! Du styr inte över mig längre, det är slut med det nu!!

Var fick han kraften ifrån? Nu hugger det till i bröstet igen, nu sprängs bröstkorgen, måste andas, måste andas men det finns ingen luft, ingen luft kvar ... nu känns det alldeles varmt, nu alldeles mjukt, vitt, alldeles ...

– Pappa? Pappa? Är det du? Är det nån här?

Momo skymtade konturerna av en ung kvinna med långt hår i garageöppningen. Han blev med ens klar över att tiden var ute och att han frös något alldeles fruktansvärt. I två långa steg var han framme vid dörröppningen, knuffade undan kvinnan för att komma ut så fort som möjligt.

Sedan rusade han, sprang fortare än han någonsin gjort i hela sitt liv. Planen att gå därifrån i rask takt var som bortblåst. Åtminstone kom inte benen ihåg det.

Inte titta bakåt inte titta bakåt spring bara spring kniven var är kniven jävlar spring nu sprängs jag nu får jag inte in mer luft nu sipprar ingen luft ut längre jag exploderar jävlar vad ont det gör i knät vad snubblade jag på herregud blod över allt hela jackan överallt tänk nu tänk nu tänk nu för helvete torka av dig i gräset för fan vad jag darrar släng jackan längre bort starta nu starta då vespahelvete för fan starta jag vill inte höra skriken jag orkar inte höra skriken starta då för fan

Teorier

– HAN VAR HÄR, ELLER HUR?

Fanta slog ner blicken, fingrade bland sötpotatisen i lådan bredvid disken, som om den behövde sorteras.

– Svara mig. Förstår du inte att det är viktigt?

– Jag ... Jo, han kom hit. Han kom hit första natten. Sen dess har jag inte sett honom. Jag svär. Jag lovade att inte säga nåt till dig.

– Men ...

Fanta tittade för första gången Nedjma i ögonen.

– Jag tyckte det var bättre att han var här än att han sprang runt på gatorna. Förstår du? Du skulle ha gjort samma sak.

– Men vad sa han? Varför rymde han? Förklarade han varför han inte larmat polisen?

– Han var chockad, Nedjma, han kunde knappt prata. Han hade ju sett samma sak som du ...

Hon suckade djupt.

– Jag tror att han kände sig skyldig på nåt vis.

Fanta såg mot dörren, som för att se efter om de skulle få förbli ostörda. Sedan var det som om hon tog sats.

– Nedjma, han var inte där. Han var inte hemma den kvällen. Han hade gått ut trots att du sagt åt honom att stanna hemma. Så mycket förstod jag av det han sa. Det var därför han kände sig skyldig. Och så tror jag att han var rädd. För nåt, för nån. Alldeles fruktansvärt rädd.

– Fanta, jag litade på dig.

– Det gjorde Momo också. Och det kan du fortfarande göra. Det kan ni göra båda två.

– Förlåt.

Fanta ryckte på axlarna.

– Men sa han vart han skulle sen?

– Inte ett ljud. Han bara gick sin väg. Tro inte att jag inte försökte få honom att stanna, kontakta polisen, söka upp dig. Men det gick inte, han bara stack. Han var ... Det var som om han var i nåt slags bubbla. Ointaglig, det gick inte att nå honom. Orden liksom bara gled av honom. Vad jag än sa.

– Jag klarar inte det här längre, Fanta. Jag klarar inte mer.

Nedjma sjönk ihop mot en säck med ris som stod inne hörnet. Axlarnas rytmiska rörelser avslöjade att hon grät, tyst och inåtvänt.

Klockan var kvart över fyra och det var för ovanlighets skulle tyst i butiken. Bara de medryckande tonerna från radiokanalen Africa no 1 på låg volym hördes från den lilla röda transistorradion som stod bakom disken.

Fanta undvek att se åt Nedjmas håll. Som för att låta henne vara ifred med sin sorg. Eller som om hennes blick skulle kunna skada Nedjma ytterligare. Hon tittade i stället mot dörren ännu en gång, såg ut genom glasrutan i dörren och försökte fästa blicken på ett foto i skylten hos frisören tvärs över gatan. En komplicerad frisyr med tunna, inbakade flätor som möttes ovanför ena tinningen.

– Men Nedjma, det behöver ju inte vara Momo som gjorde det, det kan ju vara vem som helst. Hela kvarteret kryllar av folk som velat se monsieur Arnaud död och begraven. Du får inte tänka så. Försök leta reda på Momo i stället.

Sedan två dagar tillbaka pratade man inte om något annat i kvarteret. Om hur han Alain, hotellägaren, monsieur Arnaud, hittats knivskuren till döds i sitt eget garage. Hur dottern hittat honom. Någon sa till och med att hon i panik hade dragit ut kniven för att försöka rädda sin far, och att det i själva verket var det som blivit hans död. En annan hade hört att det i stället var frun som hittat honom, men att hon låtit sin man ligga kvar i över en timme innan hon ringde polisen, för att vara säker på att han verkligen var död. Det var en version som snabbt vann gehör. En tredje kunde berätta att vittnen sett två män köra från platsen i en gammal Mercedes. Någon trodde att det handlade om en uppgörelse i den undre världen. Andra om ett svartsjukedrama. Men de flesta kopplade mordet till Fathias död. Och många tänkte på Momo. Det var i princip oundvikligt, resonerade de flesta. Två brutala mord i en så snäv krets – de måste hänga ihop på något vis.

Och alla sa vad de tänkt om honom, om Alain Arnaud. Utsugare. Horbock. Profitör. Kapitalistsvin. Pascha. Djävulen själv. Uppkomling. Smygrasist.

Alla berättade allt illa han gjort dem och alla andra. Om alla ockerhyror han dragit in. Alla vräkningar han genomfört. Om att han brukat blanda vatten i vinet han serverade. Om hur han låtit två polacker måla om i baren och anlägga hans nya terrass för svarta pengar.

Alla visste plötsligt allt. Och alla pratade – utom Nedjma. Ingen frågade heller henne något. Ingen vågade fråga. Alla fruktade svaret. För Nedjma visste. Visste mer än någon annan.

Hennes egen tragedi hade gjort henne oberörbar, onåbar.

Kastlös och upphöjd på en och samma gång. Någon som få vågade närma sig, som om olyckan vore smittsam. Den enda som fanns kvar i hennes närhet var egentligen Fanta.

– Jag har redan varit med om så mycket elände att jag är immun, konstaterade hon, den där dagen efter mordet på monsieur Arnaud när Nedjma besökte henne.

Så tittade hon åter igen på Nedjma som med ens såg bedjande på henne, som om hon sökte efter svar.

– Du måste leta reda på Momo. Du får ingen ro annars. Och han behöver dig mer än nånsin, tro mig. Han begriper det inte själv, bara. Det gör dom inte i hans ålder. Dom tror att dom är stora nog att klara allt på egen hand. Men det är just precis vad dom inte gör.

Efter ytterligare en stund lämnade Nedjma butiken och började gå tillbaka mot Marie och Juans lägenhet. Hon visste inte om det var inbillning, men hon fick känslan av att människor försökte undvika henne. En deltagande nick, i enstaka fall en kort handtryckning av medlidande. Hon kände att de alla hade bestämt sig för vad som hänt och för vem som hade gjort det.

Sista mötet

EGENTLIGEN VAR DET NOG INGEN bra idé, ingen bra idé alls, att komma tillbaka till det där vindsrummet. Vem som helst kunde känna igen honom. Det var ju precis det som Sami varnat honom för, att återvända till Château Rouge. Men Farid hade insisterat, tjatat och tjatat igen, och sagt att det var alldeles enormt viktigt att han kom, att han inte fick svika honom, att han var skyldig honom den här tjänsten. Till slut hade Momo gett med sig. Smugit uppför trappan så tyst han kunnat utan att tända ljuset, lyssnat efter knäpp från dörrarna han passerade. Men han hade inte mött en människa.

När han kommit ända upp hade ingen varit där men dörren hade varit olåst, det var bara att gå in. Farid var i alla fall förutseende, tänkte Momo, och insåg med ens hur avlägset deras gamla liv var. Kvällarna med tv-spel, deras McDo-span, de hysteriska skrattanfallen. Enkla saker som gav livet färg. Glädjen över att få finnas till, helt enkelt. Fan att han aldrig skulle få nytta av den insikten, tänkte han medan han satte sig ner på golvet. Bakom honom fanns bara en stängd dörr, dörren mot barndomen och livet självt. Framför honom bara mörker. Ett svart hål som någon kastat ner honom i, kanske var det han själv. Och han sögs upp av det svarta, såg bara svart, tänkte bara svart, åt svart, drack svart, sov svart.

Han tänkte på sin gamla teckningslärare och hans tjat om att svart inte var någon färg, han förstod nu. Mer än någonsin.

Svart var ingenting. Svart var avsaknad av allt. Svart är svart för att det slukat alla färger, alla nyanser, ljusskiftningar, känslor, önskningar, förhoppningar, frustrationer, drömmar, mål, behov. I det svarta spelade ingenting någon roll längre. Ingenting hade längre någon mening.

Han spratt till och tryckte handflatorna mot golvet, beredd att ta till flykten. Så såg han Farids ansikte i dörröppningen och slappnade av, lät kroppen sjuka ihop igen.

Farid stod stilla i dörröppningen i flera sekunder, som om han tvekade över något. Sedan sa han det:

– Momo ... jag har nån med mig ...

Gode Gud, jag klarar inte det här, kände Momo. Inte det. Vad som helst men inte det. Låt det inte vara hon. Men det visste han ju att det var, innan han egentligen sett henne. Han kunde se det i vännens ögon. Och siluetten som delvis doldes av Farid var mer än välbekant, han hade kunnat rita den med slutna ögon.

Momo ställde sig med ryggen mot väggen längst bort vid fönstret, som om han trodde att han kunde pressa sig igenom tegelväggen och försvinna ut på andra sidan.

Så rusade hon de få metrarna som skilde dem åt och slöt honom i sin famn, nej, klängde sig fast vid honom trots att han fortsatte att stå där fastnaglad mot väggen. Lade ansiktet mot hans bröst, som om hon sökte tröst. Han kände hur hans t-shirt blev våt av hennes tårar, hur hans bröstkorg skakades av hennes hulkningar, och han kände att han inte stod ut ett ögonblick till.

– Mamma, sa han, och tog för första gången i henne när han sköt henne ifrån sig.

Han tyckte att hon hade krympt. Hennes ansikte hade blivit mindre, sjunkit in på något sätt. Han klarade inte av att titta på henne, det gjorde alltför ont. Så han tvingade sig själv att titta på henne. Just därför.

– Mamma, det är ingen idé. Allt är över.

Han försökte låta bli att gråta, men märkte plötsligt att tårarna bara strömmade, två floder var det som forsade fram över kinderna och vidare nerför halsen. Han nästan skrek när han pratade, hade ingen kontroll över sin egen röst längre. Men han måste få det sagt. Orden han repeterat alla dessa nätter utan sömn, ifall han en dag skulle träffa henne igen, stå ansikte mot ansikte med henne.

Få det sagt. Så att han sedan kunde sjunka in i det svarta för alltid, för gott.

– Mamma, du har ingen son längre. Glöm mig. Jag har förstört allt.

– Momo, lille Momo, så får du aldrig säga. Du är allt jag har kvar ...

– Jag är ingenting. Mindre än ingenting.

– Du är allt Momo, allt. Det vackraste jag har.

– Säg inte så, aldrig mer, hör du det!

Farid gjorde oroligt tecken åt honom att sänka rösten, men han märkte det inte.

– Mamma, jag ber dig inte ens om förlåtelse. Det jag gjort går inte att förlåta. Det var mitt fel alltihop. Jag var inte där, jag skulle inte ha gått min väg, du hade sagt till mig. Och Fathia ville inte heller, hon var rädd. Dom hade ju redan varit på henne en gång. Och ändå gick jag och lämnade henne ensam ...

– Vad säger du? Vem hade ...?

– En av gubbarna försökte ... försökte ta på henne en kväll.

– Men ...?

– Vi ville inte oroa dig. Tyckte inte det spelade nån roll.

Han märkte att han sjunkit ihop på golvet och att en arm låg runt hans axlar. En arm han kände så väl, så varm, så varm att det gjorde ont, ända längst in.

– Momo, var det du ... det som hände ... Arnaud?

Han svarade inte. Han hade inte kraft kvar till mer.

– Momo, följ med mig, jag följer med dig till polisen. Det är enda lösningen. Följ med mig, jag ber dig. Du är allt jag har. Jag överger dig aldrig, aldrig nånsin, hör du det? Och du behöver inte be om förlåtelse. Det finns inget att förlåta. Det som skett har skett, men vi har fortfarande varandra, vi kommer alltid att ha varandra.

Han kände hur han sveptes in i de tröstande orden, den mjuka rösten, i hennes välkända doft av jasmin, och det var nära att han gett efter, låtit sig bäras bort, som ett nyfött barn. Men han fick inte. Han måste vara stark, en allra sista gång. Han hade redan gjort henne tillräckligt illa.

– Det går inte, mamma. Det är slut. Glöm mig. Jag finns inte längre.

Och så slet han sig loss, sprang ut därifrån, nerför trappan, ut på gatan. In i mörkret, en gång för alla.

Steget över

HON MÄRKTE ATT HAN TITTADE något undrande när han öppnade dörren och fick syn på henne och hennes lilla väska.

– Du. Sist vi sågs var väl på ...

– På demonstrationen. Det regnade.

– Just det, ja. Kom in, Nedjma.

Henri öppnade dörren på vid gavel och släppte in henne i en dunkel hall täckt med bokhyllor från golv till tak.

– Vet du nånstans där jag kan bo ett tag?

– Det finns alltid nån som har plats, sa han och gick före henne in i ett litet vardagsrum. Tills jag hört mig för hos dom andra kan du sova här, på soffan om det är okej, sa han med en handrörelse mot en provensalskmönstrad bäddsoffa vid ena väggen.

– Soffan blir utmärkt.

Hon satte sig ner med en lätt suck sedan hon ställt väskan på golvet. Såg Henris lite avvaktande uttryck och insåg att hon kanske skrämde honom. Jag har förändrats, ännu en gång, tänkte hon, och försökte sig på ett litet leende. Det gick dåligt, hon kände själv att ögonen inte följde med.

Han satte sig ner på en hopfällbar stol mitt emot. Hon insåg att han väntade på en förklaring.

– Jag kommer inte så väl överens med Marie och Juan längre. Dom har varit otroligt snälla och haft mycket tålamod med mig. Och jag hade fått stanna längre om jag velat. Men våra åsikter går alltmer isär. Diskussionerna har blivit allt hätskare och jag har fått svårt att lägga band på mig.

Hon sneglade på honom för att se hur han reagerade på det hon berättade, men han såg bara ut att vänta på fortsättningen. Så hon fortsatte att tala. Det hon sa förvånade nästan henne själv. Men så var det också första gången hon formulerade det högt.

– Jag som alltid varit så ... fogat mig, slätat över. Det är precis som om ... som om allt det som hänt fått det att brista. Det är som om nåt slags spärr har släppt.

Hon tittade på honom igen, och insåg att hon inte längre hade några problem med att möta hans blick.

– Jag kände att det till slut skulle bli betungande för dem. Och eftersom alla varnat mig för dig, så tänkte jag att det nog var hit jag borde gå.

– Det gjorde du rätt i, svarade Henri. Jag sätter undan väskan så går vi ut och pratar i stället.

Hon tittade frågande på honom.

– Man vet aldrig.

De gick länge. De gick längs Rue de la Roquette och över Place de la Bastille, och hon berättade sitt livs historia för honom, varken mer eller mindre. Som om hon på något sätt var skyldig honom det, nu när hon helt oinbjuden trängde sig på och krävde en plats i hans tillvaro. Men kanske hade hon också nått en punkt i sitt liv där det var dags att summera, göra bokslut.

De fortsatte längs Boulevard Richard Lenoirs planteringar, och hon berättade om uppväxten i Algeriet. Om citronträdet som stått nere på gården. Om hur otroligt rädd hon varit för sin fransklärare och stammat så fort hon skulle svara på frågor. Om den blågröna emaljkannan som de alltid hade gjort myntate i när hon var liten, och som de fortsatt att använda, trots att emaljen släppt på flera ställen och pappa till slut köpt en ny åt mamma. För varje gång de gjorde te i den serverade de också alla skratt som hörts och alla mänskliga tragedier som det talats om i samband med tedrickandet, alla hemligheter som delats.

De hamnade i den livliga korsningen med Rue du Faubourg du Temple, där Saint Martin-kanalen kommer i dagen, och hon berättade om farbrodern som flyttat till Frankrike och inte kommit hem förrän efter många, många år, och om hur han planterat in drömmen om det andra landet i henne. Drömmen om att komma vidare, passera föräldrarna på samhällsstegen och göra dem stolta, drömmen om ett ljust och luftigt liv med renputsade fönster och balkong – ett lyckligt liv, som om hon vetat vad det innebar när hon var tio och rodnade så fort grannpojken tittade på henne.

Hon talade om sitt äktenskap. Om hur hennes och Hamids drömmar sakta med säkert malts till grus. Om slagen, rädslan, självföraktet, barnen, äcklet, vreden och flykten, bort från en dröm som obarmhärtigt förvandlats till en ständigt pågående mardröm.

De följde kanalen, och medan de gick förbi de välbesökta kaféerna berättade hon för honom om städjobbet, om livet på hotellet. Om Candela och Fanta, om de vänner hon fått i kvarteret, om föraktet hon känt gentemot Alain, om den ständiga rädslan för morgondagen och om självföraktet, som inte försvunnit utan bara bytt grogrund. Om oron för barnen, om känslan av att inte räcka till, att inte lyckas vara den förebild de behövde. Om de mörka stunderna med självförebråelserna över att ha berövat dem deras far.

De nådde Stalingrads öppna plats och hon berättade inte om mordet på Fathia. Inte heller om Momos försvinnande. Det var det enda hon inte berättade. Han visste ju redan.

Så gick de förbi MK2-biografen, vidare längs Ourcq-kanalen, och nu var det Henri som berättade. Inte om sitt liv. Inte direkt. Men han förklarade vad det var som fört medlemmarna i Bostadsbrigaden samman, förklarade hur de alla gått igenom mer eller mindre ohållbara situationer som fått dem att inte bara inse bristerna i systemet och dess oförmåga att rätta till dessa brister, utan även att inse systemets ovilja att göra något åt det. Och att det var där själva knuten fanns, sa han. Att de levde i ett system med uträknade, inbyggda buggar, en samhällsordning som helt enkelt drevs av sina egna fel, som livnärde sig på sina självgenererade problem.

– Du förstår lika väl som jag att det är meningslöst att försöka ändra nåt om man samtidigt fortsätter att spela enligt reglerna. Då blir man bara en ny kugge i maskineriet. Så länge vi accepterar deras regler kan vi inte förändra nånting i grunden. Förstår du?

Hon nickade. Trodde att hon förstod på ett ungefär.

– Vad har du själv fått ut av systemet? Kan du ge mig ett enda exempel på vad du tjänat på det? Din dotter är död, din son är efterlyst, du har ingenstans att bo, inget jobb. Känner du att nån försökt hjälpa dig? Nån som representerar systemet?

Hon skakade på huvudet.

– Det går inte att reformera världsordningen. Alltför många har försökt alldeles för länge. Det tjänar ingenting till. Det enda som hjälper är att försöka skaka om den rådande ordningen i grunden. Skaka om, få den att rämna. Först då kan nåt nytt spira. Först då kan vi komma fram till en varaktig förändring.

– Men samhället, vi är ju en ändå en del av det. Även om vi...

Henri avbröt henne.

– Är vi verkligen det, Nedjma? Har nån frågat oss om vi vill vara med? Har nån låtit oss dra vårt strå till stacken? Samhället, Nedjma, samhället är dom andra. Samhället har inte brytt sig om att inkludera oss, varför ska vi då vara lojala?

En pråm skulle just till att passera under den uppfällda bron vid Rue de Crimée. De stannade upp ett par minuter och tittade på manövern. Som om de båda två behövde en tankepaus.

– Du talar väl, sa hon, men vad innebär det du säger konkret? När jag träffade dig första gången hemma hos Marie och Juan, pratade du om att ni tagit er in hos borgmästaren...

– Det var en provokativ aktion. Och det var bra att vi genomförde den, men vissa av oss anser att det inte räcker. Även inom Bostadsbrigaden finns en kärna som vill använda mer radikala metoder.

Det hade börjat blåsa, han snodde halsduken ett extra varv kring halsen.

– Men det var bra, bättre än ingenting. Det slutade i alla fall med att kommunen köpte upp ett tomt hus vid République, och nu har det blivit subventionerade lägenheter där. Det blev ett konkret resultat och en hel del skriveriet i tidningarna också, våra frågor kom upp till debatt ett tag. Men ett hus är en droppe i havet, Nedjma. Ett enda hus är nästan ingenting.

Hon fortsatte att vara tyst och såg att det var som om han tvekade, som om han inte visste om han borde fortsätta. Så stannade han upp, det såg ut som om han bestämt sig för något. Tittade henne stint i ögonen med den där blicken som inte längre gjorde henne osäker.

– En del av det jag kommer att berätta för dig känner inte ens Aïcha till, ja faktiskt inte alla i Bostadsbrigaden heller. Det är din historia som gör att jag litar på dig, förstår du det?

Han tittade länge på henne, med något som liknade en blandning av medlidande och samförstånd.

– Jag litar på dig för att du inte har nåt att förlora.

De hade kommit ända fram till Parc de la Villette och fortsatte längs vattnet, under gångbron som gick bort mot jätterutschkanan, som Nedjma aldrig åkt i med barnen eftersom de varit för stora för sådant när de flyttat in till Paris. Hit skulle jag ha gått med barnen på helgerna om de varit små, tänkte hon hastigt, och kände en kort stund hettan i bröstet, innan hon lyckades slå bort de meningslösa och överflödiga tankarna som var så obeskrivligt smärtsamma.

Henri hade inte märkt någonting utan fortsatt att prata. Han lade fram detaljer. Beskrev organisationen. Hon förstod att hon på något vis fått hans förtroende.

– Vi är åtta stycken i den inre kretsen. Dom andra vet inget om den. Dom tror att vi alla går mot samma mål. Det gör vi på sätt och vis också, men alla är inte beredda att ta lika stora risker, ta till vilka medel som helst. Därför har den här lilla gruppen utkristalliserat sig. Så att vi kan göra det vi tror på och samtidigt hålla dom andra utanför och inte skada dem i onödan. Om du vill kan du vara med. Jag ska tala för dig.

Om inte, glömmer vi alltihop och har aldrig pratat om det här. Men om du väljer att vara med, finns ingen väg tillbaka. Då klipper du alla band.

– För mig finns ingenting att återvända till.

– Jag pratar vapen, Nedjma. Jag pratar om att gömma sig för omvärlden. När vi väl organiserat oss kommer vi ständigt att flytta på oss. Sova på nya soffor varje natt. Inte kunna kontakta gamla vänner. Inte ha något bankkonto. Ingen adress. Inget telefonnummer. Falska id-kort. Inte längre finnas till. Inte längre ha nåt eget liv. Är du trots allt beredd att göra ett sånt offer?

De hade lämnat Paris bakom sig och nått den första ringen i förortsbältet, även om kanalens grå vatten fortfarande följde dem på den vänstra sidan.

– Jag har ingenting kvar att offra, Henri. Du sa det själv. Det vackraste jag hade har nån slagit sönder. Jag äger ingenting längre. Ingenting tillhör mig. Ingen väntar på mig.

***

Klockan var strax efter åtta på kvällen när Fanta låste sin butik, tog trappan längst in i affären för att gå upp till sig. Det var fortfarande varmt fast att sommaren var över och skolorna börjat igen. Som vanligt fint väder när semestrarna av över, tänkte hon, och slog på tv:n och lyssnade med ett halvt öra på nyheterna medan hon mätte upp ris till sig i en kastrull, skalade några matbananer som hon sedan skivade.

Det handlade om något nytt skattepaket. Någon var emot och någon sa att det var enda vägen ut ur krisen. Sedan var det någon sjukdom som drabbat kor på flera gårdar så att de måste nödslaktas. Och något handelsfartyg som hade kapats utanför Somalias kust, tyckte hon att de sa, men just då pyste riset över så hon hörde inte riktigt. Sedan handlade det om bostadsministern som bjudit in flera av sina europeiska kollegor till ett gemensamt möte om den rådande bostadskrisen. Direktsändning från ett höghusområde utanför Paris.

Fanta såg ministern i grå dräkt som skyndade ut ur en bil tillsammans med sin tyske kollega vid foten av ett utdömt höghus i någon odefinierad förort. Hon hade inte hört var det var någonstans, upptagen som hon var med att öppna fönstret för att släppa ut frityroset från bananerna och i stället släppa in lite av den ljumma brittsommarvärmen.

– Under sitt besök här kommer ministrarna att träffa representanter för dom boende. Många uttrycker sin …

Sedan hördes en kraftig smäll, som en explosion. I ett par sekunder blev tv-bilden suddig och såg ut att åka runt, runt i rutan, människor skrek. Sedan försvann bilden helt, och allt blev svart. Bara svart.

BUCKET LIST BOOKS UTGIVNING

CONNY PALMKVIST, Håll inte tillbaka kärleken, William Holden (2014)

LORÀNT DEUTSCH, Metronom – Frankrikes historia till rytmen av Paris metro (pocket, 2015)

CONNY PALMKVIST, Tusen ord för allt (pocket, 2015)

CONNY PALMKVIST, Jag värmer te med dina brev (2015)

SIMONE DE BEAUVOIR, Misstag i Moskva (2015)

TORUN BÖRTZ, När sista dörren stängts (2015)

WIVEKA WACHTMEISTER, Om konsten att flyga – Säkerhetsinstruktioner (2015)